父親的靈魂在雨中飄升

E E U S Í L D T I R P

帕德里西歐・普隆－著

林志都－譯

國際書評讚譽

★入選法國國際通訊雜誌二〇一二年最佳外文書籍

★全球超過三十個國家知名報媒雜紙評選年度最好的書

「普隆的小說令我著魔……翻攪我的心……本書是一本反省深刻，宛如半自傳的沈思錄，是所有早已放棄掙扎與抵抗的這一代人，對於父母那一整個世代的虧欠。」

——《紐約時報》

「關於過去的傷痕如何在心中隱隱作痛，一次對於創傷、記憶、家庭的沈思……這本詩意且氣氛獨特的小說充滿了象徵畫面：下不停的雨、迷路的陰暗森林……作者由微小的碎屑中掘出普世的眞理……一本極具人文精神的小說，輪番探索本體論和認識論上最棘手的問題，展現出驚人的故事張力，以及唯有虛構文學足以揭露，人類在心靈深處埋葬眞相的能力。」

——Anita Sethi，《獨立報》，英國

「名列《GRANTA》雜誌當代西語文壇先鋒作家之一，來自阿根廷的帕德里西歐·普隆以本書在英國登場。一部由「幾乎眞實的歷史」編織而成的小說，它細火慢燉卻造成深刻的震撼……書末以令人心酸的手法，描寫雙親過去的恐怖經歷，將點滴的痛苦積累成無盡的悲傷。」

——《都市報》，英國

「令人惴慄不安，卻是值得享受的閱讀體驗。」

——《紐約書評雜誌》

「一本執行得非凡出色的小說，譬喻豐富……這本小說將牢牢捉緊你……作者對於阿根廷瘡痍滿目的近代史有極爲逼眞的描寫。」

——《華盛頓書評雜誌》

「《父親的靈魂在雨中飄升》」與大部分當代敘事有著同樣的風格，也就是由不斷變動的敘事手法，不斷變化的場景構成張力。簡單舉例來說，像是從加泰隆尼亞作家維拉-馬塔斯及智利作家博拉紐超文學的後空翻與自我小說遊戲，再加上兩位西班牙作家哈維爾．塞爾加斯的眞實敘事論文，與哈維爾．馬里亞斯幻想敘事下覆蓋的個人經驗，或是加泰隆尼亞作家拉法耶爾．阿爾佔由爾的穿越書寫概念，直到美籍台裔作家林韜對名字記憶的操弄，也是如此。這些手法雖有可能自相矛盾，但是卻圍繞在某些共同的主題上：在文字的大雜燴中，未曾刻意掩飾的個人經驗，與對典型現實之質疑共流，而小說則成爲了正反雙方對話的場域。」

——Antonio Galimany，《Mamajuana》，阿根廷

「帕德里西歐．普隆的文字，猶如將橫跨大西洋的文學傳統作最好的綜合：在他身上不只存活著阿根廷文學、還有德國文學、盎格魯薩克遜文學，當然還有拉丁美洲文學。後者可由普隆的描述中，遙見羅貝托．博拉紐的影響：這就像是他曾在某個時間點遇上了博拉紐，然後對這位較他略有歷練的旅人致敬一般。」

——Andrés Hax，《Eñe 》，西班牙

「這本小說是一場恐懼、害怕與苦痛的展示，日日夜夜都用手槍緊頂住受害者的頭。這本小說是一聲在罹患了遺忘症的世界裡的尖叫，只有盡力緊抓住自己，才能記住所有該記住的一切。」

——《+cultura》，（墨西哥）

「結合驚人的語言運用與結構布局，運用形式強烈的敘事手法，揭露兩代之間的秘密，包括政治、倫理和個人價值，以及恐懼、幻覺和錯誤。書中在阿根廷獨裁統治下長大，左派家庭出身的兒子如此說道：『我們要恢復父母價值觀，他們欠我們一個解釋。』」

——Francesca Lazzarato,《Il Manifesto》，義大利

「作者搜尋大量資料，以幾乎自傳的形式，描寫社會與個人史，眞實地反映了人們的受苦與思想。一九七〇年代以後的西語文壇年輕作家中，最耀眼的一位。」

——Pablo Santiago Chiquero,《El Muro de los Libros》，阿根廷

「同時掌握語言和結構，展現了超齡的天賦。在歷史主題中發出嶄新的聲音。」

——美國廣播公司，馬德里

「當代最有趣的拉美作家之一。本書絕非簡單的寫作練習，它遵循一個勃勃雄心，並充滿道德的共振。作者渾然天成地完成追查，澄清關於父母和國家的眞相。」

——Ernesto Calabuig，《El Cultural》，西班牙

「一本偉大小說，從過去事件重建兩代人之間聯繫的重要性．甚至在某種程度上，澄清是什麼造就孩子的軟弱，以及沉默和健忘的父母。」

——Miguel Wolter,《El Mostrador》，智利

「紮實的結構、創新的敘事，出色的文筆，沒有贅述瑣事，並時時帶來自省：作者象徵正不斷尋找解釋與反思的一代，他們希望重建過去，重新獲得關於「骯髒戰爭」如何摧毀上一代的事實，並且提供安撫，傳承正面的價值觀。」

——Marina Lomunno,《Lettere Vive》，義大利

「光芒爍眼、令人揪心。讓你對阿根廷、父與子甚至人性靈魂，徹底改觀的小說，本書是驚人的成就。」

——卡洛琳娜．狄．羅柏提斯，《看不見的山》作者

「精準的細節、詩人般的洞見和別出心裁的風格，這本小說確立作者帕德里西歐．普隆在當代西語文壇中的地位。」

——阿爾維托．曼古埃爾，《人人都是說謊家》

「一次對於回憶和罪的動人探索，面對歷史毫不膽怯的探究。在大多數人寧願無視或緊閉雙眼的時代，作者普隆睜開了他的雙眼。」

——Juan Gabriel Vásquez，IMPAC國際都柏林文學獎得主

他們在謀殺所有的年輕人
半個世紀以來，日復一日
他們獵捕年輕人，謀殺他們
他們現在正在屠殺年輕人，就在此刻，全球獵殺
他們正在屠殺年輕人
他們懂得上萬種殺他們的方式
每年他們都會發明新的殺人方法

——肯尼斯・瑞克斯羅思（Kenneth Rexroth），
「汝不得殺人：紀念迪倫・湯瑪斯」

I

「我看到的真實故事與我的觀點，

〔……〕到頭來，這就是我所能提供的唯一。」

——傑克・凱魯亞克（Jack Kerouac）

1

由西元二〇〇〇年三月或四月，至西元二〇〇八年八月這段期間，也就是我居住在德國寫文章的這八年，我服用的某種藥物讓我幾乎完全喪失了記憶。所以我對於那些年的記憶——至少對於那八年中的九十五個月的記憶——是模糊殘缺的：我記得我住過的那兩間房子裡的房間、我記得當我費盡力氣，在其中一間房子門口與街上的積雪之間開出一條路來時，融入我鞋子裡的雪水；我記得之後我灑了鹽，雪變成了褐色，開始融化；我記得治療我的精神科醫師診所的大門，但是我不記得他的名字，以及我是怎麼找上他的。他有點禿頭，而且每次我去就診時，他總是會測量我的體重。我記得好像是大概一個月左右去看他一次吧。他會問我日子過得如何，然後量我的體重，再給我更多的藥片。離開那個德國城市幾年後，我再次回到那裡，重新踏上那條前往精神科醫生診所的路。我在門鈴旁一長串的名字裡，找到診所的名牌。但是那只是個名字，沒有任何相關訊息可以解釋為什麼我會去看診，或是為何每次我去見他時，他都會測量我的體重，抑或是為何我會讓自己的記憶變成現在這個樣子，活像是我記得的事都從洗碗槽裡流掉了一般。那時我告訴我自己，我可以敲診所的門，問問醫師為什麼我會來找他，在那些年裡，我到底發生了甚麼事。但是之後我考慮到，我應該先預約看診時間；還有不管如何，那個精神科醫師可能也不記得我了；除此之外，實際上我對我自己並沒有甚麼好奇心。也許有一天，我的某個孩子會想要知道他的父親是怎麼樣的一個人，而在德國的這八年裡，他的父親又做了些甚麼；然後他會來到這個城市，四處漫遊；而也許，靠著他父親的指示，他會來到這個精神科醫師的診所，查明所有的真相。我想有一天，在某個時刻，每個孩子都會覺得必須了解他們的父母親是怎麼樣的人，然後投身於相關的調查之中。兒女是父母親的偵探；父母把他們丟到這世間來，讓兒女們有天可以回到父母親身邊，告訴這些父母親們，他們自己的故事。只有這樣，父母才能了解自己的故事。兒女們不能評判他們雙親的作爲，因爲他們無法眞的大公無私地來評斷給了他們一切，包括他們的生命的雙親。但是兒女們可以試著把他們父母的故事整理出一些頭緒，回復似乎是被生命中那些幾乎只能被形容爲愚蠢的事件，與這些事件的不斷堆積所奪走的意義。然後他們會保護這段故事，讓它在記憶中延續下去。兒女們是他們雙親的警察，可是我不喜歡警察。他們跟我的家人一向無法好好相處。

2

在那段日子即將結束時，我的父親病倒了，就在二〇〇八年的八月。有一天，我想應該是在他的生日當天，我打電話給我的祖母。我的祖母要我不用擔心，說是他們帶我父親到醫院去，只是要做例行檢查。我問祖母她到底在說甚麼。只是例行檢查啦，沒甚麼重要的，祖母這樣回答我。我不知道爲什麼檢查要這麼久，但是沒關係的。我問祖母爸爸在醫院裡已經待了多久。兩天，三天吧，她說。我一掛掉電話，立刻打到我父母親家裡。沒人接電話。然後我打給我妹妹。一個像是由時光深處傳來的聲音接了電話，那是每個曾在醫院走廊焦急等待消息的人的聲音，聽來像夢話、像疲憊、像絕望。我們不想讓你擔心，我妹妹這樣告訴我。發生了甚麼事，我問。好吧，我妹妹回答我，太複雜了，現在在電話上很難跟你解釋。我可以跟他說話嗎，我問著。不行耶，他沒辦法說話，她回答。我現在過去，我說，然後掛了電話。

4

父親與我已經很久沒說過話了。並非個人因素，只是我想跟他說話時，手邊總是沒有電話；他大概也不知道要打到哪裡才能找到我，如果他曾經想過的話。在他病倒前幾個月，我退掉了我在那個德國城市裡租的公寓，開始在認識的人家裡借宿沙發。我不是因爲缺錢，是因爲我以爲沒了房子就沒有義務，自然而然就沒有任何責任，某方面來說，也就可以把一切拋在腦後。老實說，這種感覺還不賴。問題是當你過著這樣的生活時，你不能有太多東西，於是我逐漸把我的書、我到德國之後所買的少數物品，以及我的衣物給淘汰掉。我只留下幾件襯衫，因爲我發現一件乾淨的襯衫，可以讓你在無處可去時，說服人們打開家門。我常常利用一早在這些人家裡淋浴的時間，把襯衫用手洗一洗，帶去工作的大學文學院圖書館，利用置物櫃來晾乾它。我也會把襯衫放在公園的草皮上曬乾：通常在找到又一張沙發的男女主人，在接受他們的善意與陪伴前，我會在公園殺殺白天的時間。我，只是個過客。

5

有時我會睡不著。如果有這樣的情形，我會起身，走到收留我的房東的書架前。這些書架樣子各自不同，但也都毫無例外地放在沙發旁，感覺上你若是想看書，你只能坐在這張永遠無法完全伸展，既不舒服也無法好好地坐好的家具裡。然後我會看著書架上的書，想著我曾經一本接著一本地看過它們，只是當下我對它們完全沒有興趣。當我還是個住在貧窮國家的貧窮城市的貧窮區域裡的貧窮青少年時，我所曾讀過那些死去作家的書，這些書架上一本都沒有。在我青少年時期，我拼命地想要成為那些作家想像中的共和國的一員。那是個疆界模糊的共和國，屬於那個國度的作家們，在紐約或倫敦或柏林或布宜諾斯艾利斯寫作，那個共和國卻不存在這個塵世。我想要效法那些作家。我當時的那股決心，與隨之而來的意志，所剩下來唯一的見證，就只有那趟到德國的旅程。德國是我最有興趣的作家們曾經活過與安葬的地方；最重要的是，他們曾經在那裏書寫過。包括一些我曾嘗試著逃離，但卻無法逃開的文學作品；例如出自一名瀕死作家的惡夢的作品，或者更棒的說法是，一名瀕死，但毫無才能的阿根廷作家；為了讓大家更清楚我在指誰，我就挑明說這位作家不是阿列夫[1]的作者；我們都無可避免地繞著這位作家打轉；但其實我指的是「關於英雄與墳墓」這本小說的作者[2]，他一輩子都自以為是個才華洋溢的重要人物，道德上也無可詬病；但是卻在他生命的最後一刻，才發現自己完全沒有才華，促使他作出荒唐的行為，記得他曾經與獨裁者們共進午餐，因此自慚形穢，甚至妄想他國家的文學落到與他作品同等可悲的地位，好讓他還能保有一兩個粉絲，不會落到這輩子白寫一通的地步。好吧，我就是出自那樣文學的一員，每次想到這件事，就好像有個老人在我腦裡喊著「颶風來了！」「颶風來了！」，宣告著世界末日的到來，我曾看過一部類似的墨西哥電影。只不過世界並沒有終結，而我只能抱緊那些唯一能在颶風中，抵擋它威力的大樹樹幹，放棄寫作，完完全全地放棄寫作，觀察那些書真正的本質：它們是我唯一偶爾能視之爲家的東西。但是在我那段充滿了藥片與生動夢境的日子裡，我既想不起也不願想起，家是他媽的甚麼東西；而這些書對我來說，也變成了完完全全的陌生人。

1 El Aleph，阿根廷最有名的文學巨擘霍爾黑．路易斯．波赫士 Jorges Luis Borges 的短篇故事。作者這裡指的即爲這位阿根廷文學的代表。

2 Sobre héroes y tumbas，爲阿根廷小說家 Ernesto Sábato 艾爾涅斯多．薩巴多的小說。在一九七〇年代阿根廷軍政府時期剛政變推翻民選總統時，薩巴多曾公開與軍政府首領用餐，並支持讚頌軍政府。但後來其轉爲支持人權運動，並在阿根廷回復民主制度後，出任人權法院召集人。

6

當我還是個孩子時，有一次我要我媽買一盒玩具給我。玩具是德國製的，製造地就在我未來的住處附近，當時我並不會知道。玩具盒裡有一個成年女人、一輛超市的購物推車、兩個男孩、一個女孩與一隻狗，卻沒有成年男性。作爲一個家庭的象徵（因爲這盒玩具擺明了就是一家人），它並不完整。我那時沒有意識到，我只是要我媽媽給我一個家庭，就算是玩具也好。我媽卻只能給我一個不完整的家庭，一個沒有父親的家；再一次，一個被棄置在荒野中自生自滅的家庭。我拿起一個羅馬士兵，剝掉他的盔甲，讓他成爲這個玩具家庭的父親。只是接下來我不知道要怎麼玩這個玩具家庭：我完全不知道其他的一家人都在做些甚麼，所以最後他們全都進了櫃子的底部，五個人物互相大眼瞪小眼。也許它們會聳聳它們的玩具肩膀，對於應該扮演甚麼樣的角色毫無概念；他們就像是被逼著去呈現一個連紀念碑與城市都尚未被考古學家挖掘出來、連語言都從未被解析出來的古文明一般地尷尬與無助。

7

某個發生在我父母親、我以及我的弟弟妹妹身上的事件，讓我從此無法了解什麼是家，家庭又是甚麼，即使一切的跡象都指出，兩者我曾經都擁有過。過去我曾經多次嘗試著去了解那件事，但是當我在德國那時那地，我早已經放棄嘗試了，就像一個早已記不起在車禍當時發生了甚麼事的傷者，只能接受車禍帶給他的肢體殘缺。在某個時間點，我的父母與我曾發生過那樣的車禍：有個東西穿越馬路，擋在我們的路上；我們的車子翻滾了好幾圈，滾下了公路，然後我們都在原野漫無目的地晃蕩，腦子裡一片空白，只有這場車禍的經驗，把我們一家人連結在一起。在我們背後有輛四輪朝天的車子翻覆在鄉間道路旁的溝渠裡，車子座墊及草皮上有著斑斑血跡，但是我們全家沒有一個人想要回頭看，看看背後的景象。

9

在我搭機飛去找父親，某些我不知道原因，卻讓我感到噁心、恐懼與悲哀的時刻裡，我試著去想起我所記得跟他在一起的生活。說實話也沒甚麼：我記得他建造我們家的房子；我記得他從曾經任職過的某間報社回來時，發出的紙與鑰匙的聲音，以及身上的菸味。我記得有次他與母親擁抱，還有他常常睡著時，手中還拿著書本；隨著爸爸睡著，頭低下來的樣子，他手上的書總是蓋住他的臉，就像在某場戰爭中，在街頭被人用報紙蓋住臉的無名屍體一樣。我常記得他開車的樣子，望著前方，皺著眉頭觀察面前的公路；這條公路可以是筆直是蜿蜒，可以是在聖達菲、哥多華、拉里歐哈、卡達瑪爾加、河間省、布宜諾斯艾利斯等，阿根廷全國的任何一個省份，所有那些父親曾帶著我們去參觀，企圖讓我們看到它們有多麼美麗的省分；對我來說那是一種看不見也摸不到的美。他總是試著給我們在學校裡所學到的符號一種意義；那所學校仍繼續延續獨裁政府的價值觀，尚未擺脫威權陰影。在學校裡，那些孩子們跟我一樣，總是用母親替我們購買的塑膠模子描畫著那些符號。如果你用鉛筆畫過刻印在那個塑膠熨斗上面的線條，你可以畫出一間位於土庫曼省的房子、另外一棟在布宜諾斯艾利斯省的建築、一條圍成圓型的緞帶、以及一面藍白相間的旗幟[3]。這面旗幟我們都很熟，因爲理論上它應該是我們的國旗，雖然幾次以來，我們在一些不是自己主辦，也不由我們掌控的場合下，看見過這面旗幟。而且那些場合既與我們無關，我們也不想有任何牽扯：一個獨裁政權、一次世界盃足球賽、一場戰爭、幾個很失敗的民主政府。這些都只是被利用來以我們所有人的名義，與這個國家的名義，放送不公不義。這個我父親與其他人認爲曾經是，也必須是我及我的弟弟妹妹的國家。

3 這裡分別指的是阿根廷各省代表開會，簽署獨立宣言之所在地土庫曼省議會、阿根廷總統府玫瑰宮、阿根廷國旗及其出現在正式文件時，畫在國旗下方作爲裝飾之飾帶。

10

還有一些回憶，這些回憶聚集在一起形成了一種確定，同時也是一種巧合。很多人會認爲這只是故事裡才有的巧合，也許眞的如此：我的父親一向記憶不好。他總是說他的記憶就像個濾網，還預言我的記憶也會像濾網一樣，因爲他說記憶會在血液裡傳承。我的父親可以記起幾十年前發生的事情，同時，忘記他昨天才做過的事。因爲發生在他身上的事還不少，他的一生大概就像一場田徑障礙賽。有些事我們覺得有趣，有時則一點都不好笑。有天他打電話回家來問自己的住址。我已經記不得接電話的人，是我的母親，抑或是我的弟弟或妹妹。電話裡是我父親的聲音。我住哪裡啊？他問。怎會這樣？不管那是我媽或是我的弟弟或妹妹，甚至是我，這樣回問他。就我住哪裡啊？他再次問。電話另外一頭的另一個人—我母親、或是我的弟弟或妹妹，抑或是我—背出了地址。過了一會，他人就坐在桌子旁，看著報紙，像是一切都不曾發生過，彷彿他忘了剛剛所發生的一切。還有一次有人按了門鈴，我父親剛好走到廚房的對講機旁，他拿起了話筒，問對方是誰。我們是耶和華見證人，他們說。誰的見證人？我父親問。耶和華，他們接著說。那你們要幹嗎？我父親又問。我們要把神的話語帶來給您，他們說。誰的話？我爸又問。神的話語，他們回答。我父親再次問：誰啊？我們是耶和華見證人，他們說。誰的見證人？我父親問。耶和華，他們接著說。那你們要幹嗎？我父親又問。我們要把神的話語帶來給您，他們說。誰的話？我爸又問。神的話語，他們回答。不要，那個他們上個禮拜已經帶來給我了，我父親這樣說著，然後把話筒掛上，連正眼都沒看我一眼。我站在他旁邊，不知所措地看著他進行這樣子的對話。之後他走向我母親，問她報紙在哪裡。就在暖爐上面，我母親這樣回答。我和她都沒告訴我父親，報紙是他自己放在暖爐上的，就在幾分鐘前。

11

有時我會想，我父親記憶不好，只是一個藉口，好讓他逃避日常生活中幾個小問題，像是生日、結婚週年慶、還有日常的採買；因爲他在許久以前，就早已將日常生活委任我母親。我曾這麼想：如果我的父親身上有記事本的話，一定是本隔天內頁就會掉光的記事本，或是一個無時無刻都陷在熊熊火焰裡的物體，就像是縱火狂的私密日記一樣。我以爲一切都是我父親的謊言，讓他得以從難以承受的人事物裡脫身。裡頭包括了我與我的弟弟妹妹，還有一個我幾乎毫無所知的過去——在一個小鎮渡過的童年、被中斷的政治生涯、那些在報社工作的日子，像一個在擂台上躺著的時間遠長於站著的拳擊手、一段我自認我一無所知，也許也並不想知道的政壇過往——這都讓我確切地了解我父親以前到底是怎麼樣的一個人、他曾經身陷怎麼樣的暗黑深淵、以及他如何從那樣的深淵中倖存下來，伸著舌頭喘著大氣，大難不死地問著現在幾點鐘。與妹妹在醫院裡談過之後，我才深深了解，父親狀況不太好已經持續很長一段時間，他的記憶喪失可能不是裝出來的。在此同時我也了解自己發現這件事的時候已經太遲：對我來說太遲，對他來說也太遲了。世事總是如此，雖然提起就令人感傷。

12

事實上，我還記得另一件事情，雖然它不算直接的回憶，不是那種由經驗中產生，牢牢固定在記憶裡的回憶，而是我在我父母親家裡看到的一個東西，一張照片。在照片裡，我和父親坐在一小段石頭圍牆上。在我們後面有個深不見底的山谷。不遠的後方有著群山與丘陵；雖然照片是黑白的，但是可以想像山丘上的綠色、紅色與褐色。圍牆上的他側坐著，雙臂環抱；我則背對著深淵，雙手壓在大腿下。只要細心觀察，就會發現照片裡有股與背景無關的戲劇化張力，雖然有些人認爲背景本身就夠戲劇性了。這張力其實與我們父子之間有關：照片裡父親望向一片景色，我則看著他。我的目光裡有一份渴求：我要他爲我設想，把我抱下那道圍牆，因爲我的腳搆不到地面，只能在牆上晃著；因爲我覺得（只要考量到我那時只是個孩子的話，就可以了解我那無可避免的誇張想像）那道牆隨時有可能崩塌，然後我會被倒下的牆給拖進那個深谷裡。在那張照片中，父親並沒看著我，他根本不管我在看他。我只能用這樣的方式請求他注意我，像是命運注定我倆生來就無法互相了解，甚至無法互視對方。在照片裡，我父親留著我長大之後留的髮型，有著我在未來，也就是現在，會有的寬厚胸膛。現在的我已經比當時照片裡的他年長，當時這照片是某人——也許是我母親——在我們爬上某座我現在記不得名字的山上所拍攝的。當我坐在飛機裡，想著我的父親時，我想也許父親爲我感到恐懼，和我在一九八三年或是一九八四年，在拉里歐哈省某座山上所感受到同樣的恐懼。

我坐在機艙裡即將返國（這個父親希望它將會成爲我的國家的地方；但是對我而言，它與照片裡互不了解的父子背後的深谷一樣陌生），我還不知道父親比我想像中更加了解那股恐懼，他曾經與它共同生活、奮戰抵抗它、然後和他那一個世代的所有人一樣，在這一場寂靜戰爭中的戰役中敗下陣來。

13

我已經八年不曾回到這個國家了。但是當飛機跌撞地進了機場，然後把我們這些乘客全部吐出來時，我感覺恍若隔世。有次我發現，當你搭上雲霄飛車，或是任何一種類似的遊樂設施時，你會覺得時間經過的速度，比下面在遊樂園設施旁，看著你們一邊尖叫，一邊緊抓著金屬車廂的人，所感覺到的來得慢。當我在機場時，我覺得似乎整個國家都坐上了雲霄飛車，上下顛倒，不斷地打轉，就像是操縱雲霄飛車的人發瘋了，或是自顧自地跑去吃午餐。我看到一些老氣的年輕人，穿著既新又舊的衣服。我看到一張藍色地毯，看起來像新的，但是被踩過的地方已經被磨得泛白，骯髒不堪；我看到幾個海關窗口，有著黃色的玻璃，還有幾個年輕但是看起來老氣的警察。他們用狐疑的眼光盯著護照看，有時在護照上蓋章，有時卻不蓋；就連我的護照看起來都像是舊的。當他們把護照還給我時，我覺得它看起來像一株枯死的植物，毫無活過來的希望。我看到一個穿著迷你裙的女孩，給經過的乘客上面覆蓋著焦糖的餅乾，我幾乎可以看見餅乾與焦糖上一層塵積。女孩對我說：你要不要試吃一塊餅乾？我搖搖頭，幾乎是以狂奔的速度衝向出口。到機場大廳時，我以爲我看見了一個臃腫蒼老的足球員，後面有幾十個攝影師與記者緊追著他跑。那個足球員身上穿著一件T恤，上面印有他巔峰時期的照片。如今被那個足球員的肚子撐開，變形得可怖。照片裡的他有隻大得誇張的腿，向後拉伸彎曲的胸部，還有一隻巨大無比的手。那隻手拍在一顆足球上，曾讓球隊在過去某年春天裡，某個無所謂的一天且無所謂的世足盃比賽進了球。[4]

4 此處指的是阿根廷足球金童馬拉度納。他曾在一九八六年世足盃足球賽對英國的比賽中，以所謂的「神之手」，用手將球碰進球門，被未察覺的裁判判算進球，使英國終場以二比一輸給阿根廷。阿根廷並贏得當年世界盃足球賽，馬拉度納也成為阿國之國家英雄。馬拉度納晚年身材走樣，醜聞與暴走發言不斷，成為狗仔記者們最愛的偷拍與採訪對象。

14

一切可能未曾發生過，也許一切的一切都是我看走眼，或者只是我在德國的城市期間，在人們的沙發上安安靜靜吞下的那些藥片，所帶給我的副作用。有一次，在這一切發生許久以後，我再次詳讀一種我所服用的藥物的用藥指示；儘管我詳讀過無數次同樣的指示，每一次照樣忘得一乾二淨。我讀到那些藥片有鎮靜、抗憂鬱與抗焦慮的功效，我讀到它在服用後一到六個小時之間會產生藥效，但是藥劑要一百二十個小時才會完全排出體外，算起來這應該是五天的時間。其中百分之八十八是透過排尿、百分之七透過排汗、還有百分之五的藥物無法被身體排出。我讀到此種藥物會導致生理上與心理上的藥物依賴性，以及在藥物作用期間對於發生過的事的回憶能力，將會完全或部分喪失，還可能導致失憶症；我讀到它會導致患者產生自殺傾向（這當然很嚴重）、剛睡醒般的遲鈍感（這當然不嚴重）、虛弱感、倦怠、思緒混亂、共濟失調、噁心感、情感連結薄弱、喪失對危險事物的戒心、失去食慾、嗜睡、喘不過氣的感覺、複視、視覺模糊或雙重視像、不安感、睡眠失調、暈眩、嘔吐、頭痛、性功能失調、人格解體、聽覺過敏、四肢感覺鈍化或蟻爬感、對光線噪音與觸碰的敏感、幻覺或是癲癇般的抽搐症狀、呼吸道、胃腸以及肌肉的問題、易怒與對人敵意升高、後天性失憶症、對現實感覺之變異與精神混亂、發音障礙、肝腎功能不正常，還有在突然斷藥時會產生戒斷症候群。所以我猜想，看到一個過胖的足球員，身上穿著有張被大肚腩撐到變形的過去英姿照片的T恤，大概是被人塞了一堆這樣的藥物後，最輕微的副作用。

15

不論如何，那一次的事件眞的發生了，對我來說再眞實不過。但寫在這裡就像我虛構的故事，像是虛假的謊言。首先我當時頭腦已經夠混亂了；同時，很明顯地，非常擔心我父親的事，自然而然地，不要說那時候，直到現在我也不信任我的感官。它們可能會對一件在現實中發生的事情，做出錯誤的詮釋；接下來，和那個年華老去的足球員在一個對我來說已然蒼老的國家相遇，以及我接下來要說的，幾乎所有在那之後發生的事情，都是眞實發生過，卻不一定可信。有人曾說過在文學裡，美就是眞實。但是在文學裡眞實就只有可信的那一部分。在眞實與可信之間，有著巨大的差異。至於美，就更不用提了，因爲那是個絕不應該討論的話題。美應該歸屬於文學的自然保護區，在那裡，美可以蓬勃發展，無須擔憂文學的手去玷汙到它；美應該是作家的休憩與慰藉之處，因爲美及文學是兩個完全不同的事物，也許是同樣的事物，像兩隻右手手套一樣。你不能在左手戴上它，有很多東西無法並行。我剛到阿根廷，就在我等著會載我到我雙親居住，位於三百公里外的城市的客運巴士時，我想到我從德國的暗黑森林裡，來到了平坦的阿根廷大草原，來看我父親最後一面，跟他道別，然後向他保證（雖然我一點都不相信我自己的保證），我們倆會有另外一個機會，在某個不同的地方，讓我們互相探清對方到底是誰；也許，自從他當了父親，而我成了他兒子以後，我們終於能夠多了解對方一點點。但是，這雖然是眞實發生的事，卻一點都不可信。

18

之後我聽了一長串完全不可能複誦，在病患與醫生之間的繞口令，裡面有著像是苯二酚、丹祈屏錠、抗精神病的、催眠、佐沛眠、抗焦慮藥、阿普唑侖、麻藥、抗癲癇藥、抗組織胺藥、氯硝西泮、巴比妥類藥物、蘿拉西泮、安眠藥、草酸依地普；這些難懂的專業名詞聽起來像是在一個拒絕運作的腦袋裡，所有填字遊戲中的所有字彙。

20

當我到達雙親家中時，裡面空無一人。整棟房子又冷又濕，就像隻我在小時候曾經把牠抓起來摸摸肚子，然後再放回水中的魚一般。我覺得那不是我家；在某個特定地方曾經是你家的感覺已經永遠消逝了，而我有些害怕這間房子會認爲我出現在這裡，是對它的冒犯褻瀆。我連一張椅子都沒碰。我把我帶來的一個小行李箱放在房子的入口處，然後開始走到每間房間看看，就像個偷窺狂。廚房裡有塊麵包，螞蟻已經開始享用了。有人在我父母的床上留下一堆換下來的衣物，以及一個打開的手提包，裡面空空如也。床鋪一片凌亂未經整理，而床上的那堆床單還看得出某個人的身形，也許是我母親的。在床邊，在我父親的床頭桌上，有本我未及細看的書，眼鏡與幾罐藥膏和藥片。當我看到桌上的這些東西時，我不禁告訴我自己，無論如何，我的父親和我還是有些共通點，我們兩人都一樣被許多的藥片及藥單所包圍，而肉眼看不見的線，綁在我們的老命上。現在那些線之間也以某種方式，連結著我與我父親。我原本的房間在走廊的另一頭。當我走進房間時，感覺似乎所有東西都縮小了；桌子比我記憶中的更小，桌子旁的椅子只能給小矮人使用。窗子很迷你，書也沒我記憶中的多，都是那些我現在已經失去興趣的作家寫的。我似乎離家不只八年了，我躺進曾經是我的那張床時這樣想著。我感到有點冷，但是不想蓋上薄被單；我躺在那兒，用一隻手臂遮住臉；我雖然睡不著，但是也沒有意願再站起來；我只是不斷地想著我的父親和自己，以及對他、對我與所有人來說，已然失去的那個機會。

21

母親走進廚房，看見我正在觀察冰箱裡的食品。就像在那些一切看來都熟悉得可疑，同時又詭異得可惡的夢裡一樣，那些食品都和過去一模一樣，但是包裝變了。現在四季豆被裝在以前用來裝番茄的那種鐵罐頭裡；番茄則裝在以前裝可可粉的那種容器裡，而可可粉則裝在讓我想起尿布以及無眠的夜晚的袋子中。我的母親看到我似乎完全無動於衷，反倒是我訝異於她變得那麼地瘦與那麼地脆弱。當我站起來，而她走過來要擁抱我時，我看見她那道可以讓惡魔滾回地獄去的目光。我自問即使這樣的目光是否也還無法治好我父親的病、讓我父親所在的醫院裡所有的病人身上的病痛好一點。因爲那道目光裡有著挑戰世上一切的意志力。到底發生了甚麼事，我問我的母親；於是她開始向我解釋一切的事情，慢慢地。她說完後，一個人獨自到她的房裡哭泣；而我只是在一個鍋子裡丟進一把米再倒進水，然後看著窗外一片難以穿越的叢林，那原本是我母親與我弟弟妹妹費盡心力照顧的花園，就在同一個地方，但是在另一個時代。

23

當我到醫院時，我的弟弟妹妹正站在醫院的走道。我遠遠看去，以爲他們沉默不語，但是走近後我觀察到他們正在對話，或應該說假裝在對話；就像是他們自以爲必須裝出在進行中的樣子，也許根本從沒用心傾聽對方的對話。妹妹一看到我就哭了起來，活像是我給她帶來了一個出乎意料的消息，或者我自己就是那出乎意料的消息，像是一個從漫長得不得了的戰爭回來，肢體留下可怕的創傷的戰士。我拿給他們幾塊巧克力，以及一瓶我在德國機場買的水果酒。我的妹妹突然開始邊哭邊笑。

24

我的父親躺在一堆電線下方，看起來就像在蜘蛛網中的一隻蒼蠅。他的手冰冷，我的臉暖熱；可是一直到我伸手洗我自己的臉時，我才發現這件事。

25

那天下午我留在他身邊，完全不知道要做甚麼，除了看著我父親的臉，自問如果他睜開眼睛，或是開口說話的話，我該怎麼做；有陣子我甚至希望他不要當我還待在他身旁時睜開眼來。於是我告訴我自己：我現在要閉上眼睛數到十，當我睜開眼時，會發現這一切都不是眞的，一切從未發生過，就像電影播映完畢，或是你看完一本書時那樣的感覺。但是當我默數到十，再次睜開眼睛的時候，我的父親還是躺在那裡，我人還是在那裡，那一大片蜘蛛網也依然在那裡；環繞在周遭的是醫院裡的吵雜聲，與那片聞起來有著消毒水味，與不切實際的期望的沉重空氣。這味道有時聞起來比疾病或死亡更糟。你曾經上過醫院嗎？你一定看過這一切。你看過某人死掉嗎？死亡每次都會發生，而且總是以不同的形態發生。有時疾病就像一道強光直照你的眼，當你閉上眼睛，最害怕的感覺就像在某個晚上的鄉間小路上，有輛車子全速向你衝過來。當我再次睜開眼時，我的妹妹站在我身邊。這時已經晚上了，我父親還活著：屢戰屢敗，但還活著。

26

妹妹堅持要在醫院過夜。我跟弟弟與母親回到家中，看了一會兒電視上播映的影片。在那部片裡，有個男人冒著大風雪，在一條結了冰，似乎無止盡的跑道上跑著。雪打在他的臉上與大衣上，有時似乎讓他看不清他到底在風雪中追逐甚麼。但是那個人仍然繼續跑著，活像要趕上他面前在跑道上奔馳的那架飛機，是件生死攸關的大事。這時一個女人打開飛機的艙門，對著男人大喊：強尼、強尼，而飛機看來隨時都會起飛。當男人幾乎要碰到女人伸出的手時，飛機突然拉高起飛，另一個男人猛然將女人拉進飛機裡，就在消失在大雪以前，向那個叫強尼的男人開了一兩槍。那是沙皇的信差，我弟弟這樣說，當強尼跌倒在雪地上，他喘著氣的身影漸漸融入一片黑暗，螢幕上出現「片終」字樣。在沙皇時代沒有飛機，我說，但是弟弟只是看著我，彷彿我甚麼都不懂。

27

那天晚上我無法入睡。我在漆黑的廚房裡給自己倒了杯水，站了一會兒，試著甚麼都不要想。我喝完了水，回到房間裡，在那裏拿了顆安眠藥，急急忙忙地吞了下去。我一邊等著藥效發作，一邊在房子裡走著，試著回想起這間房子是否有所改變，抑或是跟我以前住在這裡時一模一樣；但是我做不到。也許根本不是房子改變了，而是我的知覺變了。而這樣的知覺改變，不管是因爲這趟旅行、或是我父親的狀況、又或者是因爲那些藥的關係，都導致了知覺對象的改變。若是想要搞清楚這間房子是否有所改變，我必須得要能夠將我在現在這個時間點的觀察，與離開動身到德國去居住前，開始吃藥前，以及我父親病倒和我回國前的觀察方式做一個比較。但這是不可能的。我站在客廳裡，藉著從一扇窗子透進來的燈光，看著書架上的書。那些都是我父母親年輕時看的書。雖然我很熟悉這些書，但是我的知覺讓它們看起來都像是新書。我不禁再一次自問：從我翻閱這些書開始，到如今我在夜光下對它們毫無興趣，甚至有些顧慮，這段時間裡到底發生了甚麼事；但再一次，我仍然做不出任何結論。我在客廳待了一會兒，就只是打著赤腳，打量著那些書。我聽到一輛公車經過，接著是一早最先去上班的那些車聲；我想到這個城市即將再次啟動，面對新的一天；我不想站在那裏看著這一切。我走回我的房間，多拿了兩顆藥片，吞了下去，然後躺在床上，等著藥效發作。一如往常，我並未發覺藥效何時發作：否則我的腿會先麻掉，接下來無法移動手臂，然後只能想到一切都逐步地肢解的感覺，因爲這是睡意襲來唯一的方式，我必須要做一張單子，做出一份清單，在我終於睡著那一刻前，記下我在我父母家中看到的一切，以免我忘記了它們。然後我就睡著了。

29

雙親書架上收藏的書：國家重建的基礎、民謠歌手、撒塔諾夫斯基一案、有組織的社團、政治領導、航行手冊、切格瓦拉日記、裴隆黨政治理論、階級鬥爭中的一幕、幻想小說、刀刃刀背與刀尖、裴隆黨政治哲學、力量是野獸的權利、裴隆如此說、群眾的時刻；工業、工業資產階級與國家的解放；拉丁美洲：就是現在、毛語錄、阿根廷文學與政治現況：從教育家撒爾緬多到作家寇爾塔沙：戰術手冊、馬丁費羅、一小口先生、國族主義與解放、屠殺行動、裴隆，命運之子、裴隆黨與社會主義、英國對銀河區域[5]之政策、仇恨的先知、如何應對的方式、誰殺了羅森多、我一生的目的、阿根廷革命與反革命、羅沙斯，我們的當代人物、我的命給裴隆！、羅培斯霍爾丹的生與死、一天環遊八十個世界[6]。他們收藏了以下作家的書：霍爾黑・路易斯・波赫士、費爾明・查維斯、胡立歐・寇塔沙、艾薇塔・裴隆、艾爾涅斯多・格瓦拉、胡安・荷西・赫南德斯阿瑞齊、阿圖羅・郝瑞切、符拉迪米爾・依利屈・列寧、列翁波爾多・馬瑞治爾、安立奎・霸彭・裴瑞拉、密爾霞蝶斯・卑尼阿、胡安・多明哥・裴隆、霍爾黑・阿貝拉爾多・拉摩斯、荷西・瑪麗亞・羅沙斯、奧古斯都・西沙爾・山迪諾、安立奎・山多斯迪西婆羅、勞霧・斯卡拉布里尼歐提斯、胡安・M・皮哥、

5 Río de la Plata銀河，爲烏拉圭與阿根廷兩國之間的界河。銀河區域泛指此兩國。

6 此處所提及書籍多爲親裴隆黨與左派意識形態相關書籍。

大衛・皮尼阿斯、羅多爾佛・華許、毛澤東。[7]他們沒收藏的作家有：席維娜・布爾里屈、貝阿德里斯・其多、艾賽奇爾・馬丁尼斯艾斯特拉達、皮哥多利雅・歐抗波、艾爾涅斯多・薩巴多。[8]在我雙親書架上的書封面主要的顏色是：天藍色、白色與紅色。在書架上最有代表性的出版社是：更進一步、A・裴尼亞・利優、自由地與優迪巴。可想而知，最常出現在我雙親書架上的字是戰術、戰略、鬥爭、阿根廷、裴隆、革命。我雙親書架上的書的概況是：保存不佳，有些則是無可救藥、慘不忍睹或是爛爆了。

7 此處提及之作家以阿根廷文學作家與政治人物，及西班牙語世界之左派作家與政治人物爲主。

8 以上均爲裴隆黨政權厭惡之作家。

30

再重複一次：我的父母親沒看過席維娜・布爾里屈、貝阿德里斯・其多、艾賽奇爾・馬丁尼斯艾斯特拉達、皮哥多利雅・歐抗波、艾爾涅斯多・薩巴多的書。他們看過霍爾黑・路易斯・波赫士、羅多爾佛・華許與列翁波爾多・馬瑞洽爾的書，但是沒看過席維娜・布爾里屈、貝阿德里斯・其多、艾賽奇爾・馬丁尼斯艾斯特拉達、皮哥多利雅・歐抗波、艾爾涅斯多・薩巴多的書。他們看過艾爾涅斯多・格瓦拉、艾薇塔和胡安・多明哥・裴隆與阿圖羅・郝瑞切，但是沒看過席維娜・布爾里屈、貝阿德里斯・其多、艾賽奇爾・馬丁尼斯艾斯特拉達、皮哥多利雅・歐抗波、艾爾涅斯多・薩巴多的書。而且他們看過胡安・荷西・赫南德斯阿瑞齊、霍爾黑・阿貝拉爾多・拉摩斯與安立奎・霸彭・裴瑞拉的書，但是他們沒看過席維娜・布爾里屈、貝阿德里斯・其多、艾賽奇爾・馬丁尼斯艾斯特拉達、皮哥多利雅・歐抗波、艾爾涅斯多・薩巴多的書。你可以一直想這件事想好久好久。

32

一開始我吃克憂果與苯二酚，不超過十五毫克。但是對我來說，十五毫克根本就像是在颶風裡打個噴嚏一樣，無足輕重也沒有效用；就像是試著用一隻手遮住陽光，或是在墮落的國度裡試著伸張公義。所以我一直增加用藥量，直到變成了六十毫克；因爲在市場上，已經沒有比它更強效的藥了，而且醫生們看著我的樣子，就像在西部電影裡的墾荒馬車隊嚮導一樣：他們會告訴墾荒隊的人已經不能再往前進了，因爲再過去就是卡曼契族的領土，之後嚮導調頭，雙腿一夾馬腹，但是在那之前他們會看看墾荒隊的成員們，因爲他們知道之後再也不會見到這些人了，感到既慚愧又遺憾。於是我也開始服用安眠藥。當我開始吃安眠藥時，我會陷入一種看起來就像個死人的狀態，腦中不斷出現像是「胃」「燈」「色盲」這樣的字眼，完全沒有關聯的字眼。有時候，我會在隔天早上把這些字記下來，如果我那時還記得的話。但是看到那些我記錄下來的單字，宛如正在翻閱一個比蘇丹或衣索比亞更可悲的國家的報紙一般。我既沒有這個國家的簽證，也不想去辨。我似乎聽到一輛消防車衝了過來，要用一整桶有機溶劑撲滅他媽的地獄裡的熊熊烈焰。

35

有位醫師從走廊另一端向我們這邊走了過來；一見到他，我們不經思索就自動站了起來。我要去檢查一下他的狀況，他這樣告知我們，然後就走進我父親的病房，在那裏面待了一陣子。我們只是在外面等著，不知該說甚麼好。我的母親往她背後的窗外看去，一艘小拖船正拖著一艘比它大上許多的船往河川上游的港口開去。我手上緊抓著一份汽車雜誌，雖然我根本不會開車。有人把雜誌丟在醫院的椅子上，而我只是讓目光滑過雜誌裡的書頁。這樣做讓我得以休息放鬆，就像是在觀賞風景一般，雖然我眼前這片風景是最讓人難以了解，眾多尖端科技新知其中的一項。醫師終於走了出來，他說一切和剛剛一樣，沒有任何變化。我想我們其中一人得問醫師些什麼，才能確認我父親的現況，所以我就開口問父親的體溫現在如何。醫師的眼睛瞇了一下，然後用一副難以置信的神情低聲咕噥說：他的體溫非常正常，體溫完全沒問題。我向醫師致謝，他點了點頭，就向走廊另一端走去。

36

那天早上，妹妹告訴我，有次她在父親留在家裡的一本書中，看見了下面畫著線的一段話。妹妹把那本書拿給我看。那段話是這樣寫的：「**那美好一仗我已打過，當跑的路程我已跑過，當守的信仰我已守住。**」那是保羅寫給提摩太的第二封信，也就是提摩太後書第四章裡的第七節。當我看到這段話時，我想我父親在這段話下面劃線，是想用這段話激勵與慰藉他自己，也許也可以當他的墓誌銘。我想著如果我知道自己是誰，如果那些藥物在我腦中形成的濃霧能夠散開一會兒，讓我能夠知道我到底是誰的話，我也會想要一段這樣的墓誌銘。但是之後我又想到我並沒有眞正打過仗，和我同年齡的人也沒有打過；某件事，或是某個人已經給了我們失敗，而我們用喝醉或是吃藥或是各式各樣的方式虛擲光陰，好盡快到達一個也許不光榮，但不管如何都是種解放的終點。我們之中沒人打過仗，但是所有人都輸了，幾乎沒有人繼續對過去的信念保持忠誠，不管那信念是什麼。我父親那一代人的確與我們不同，但是再一次，在那些不同之處裡，有一個交錯點，一條穿越時代的細線，把我們串連起來，無論世事如何改變，這是非常阿根廷，非常在地到令人害怕的一件事：一種所有親子皆因失敗而結合的感覺。

38

母親在準備煮飯，呆望著被弟弟關掉音量的電視機的我，起身來幫忙。我邊剝著洋蔥皮，邊想著那個古老、簡單、値得驕傲的食譜，很快就會在一個混亂及愚蠢的時代裡消失無蹤。我告訴我自己——既然我與母親共享的這個快樂片刻，也許是在我回德國以前，最後幾個如此快樂的片刻，已經沒有永久持續下去的可能性—至少在一切都太遲之前，我得要讓這個食譜永久流傳下去。我拿起一枝原子筆，開始作筆記，讓我不要忘掉那個時刻；我所能做的只是記下食譜：一份簡單精短的食譜，但是對我來說卻十分重要，那是一段依規循矩的時代的遺物，一段有著精準步驟，按步就班的時代，和我們那些麻痺痛苦的日子，完全不一樣的時代。

39

以下就是那份食譜：取適量的牛絞肉，把它在一塊棉布上攤開來，然後在絞肉上灑上切成小塊的洋蔥與黑橄欖，還有切碎的白煮蛋與想加進去的任何東西——這裡可以加的東西幾乎無所不包：切碎的青椒、葡萄乾、杏桃乾或桃子乾、杏仁、核桃、榛子、醃製蔬菜等等——接下來開始揉絞肉，讓剛剛加進去的東西可以平均分布在絞肉塊內。再來用鹽、甜椒、小茴香與磨過的胡椒調味，之後用棉布將絞肉塊壓得緊實，讓它在烹煮時不會散掉。如果絞肉太鬆散，可以加入麵包粉。當整個肉塊壓實的時候，把它放進一個塗上少許油的模型裡，然後放進烤箱。烤到這塊絞肉麵包（因爲這道菜就叫絞肉麵包啊）外表變成金黃色。可以冷食或趁熱吃，然後佐以沙拉。

42

醫師——也許是之前那位，也許是不同的醫師；對我來說每個醫生看起來都一樣——他說：甚麼都有可能發生。那八個字在我腦中不斷轉圈，直到完全沒有意義爲止：甚麼都有可能發生、甚麼都有可能發生、甚麼都有可能發生、甚麼都有可能發生、甚麼都有可能發生、甚麼都有可能發生……

45

我弟弟緊張地不斷轉換頻道，然後在某一台停了下來。那一台正在播一部戰爭片。雖然劇情難解，演技糟透，而且片中角色的動作似乎總是故意放在臉孔看不清的角度，或是被人物走位動線上的攝影鏡頭所阻礙，所以看起來有許多無可避免的中斷場面，大概那些演員不是在那時撞到攝影機，就是被迫重拍一遍，但是我還是慢慢看懂了。這部片講述一個人經歷了一場電影中並未拍出來的事故之後（看起來可能是車禍，甚或是墜機），在一間醫院中醒來，完全不知道自己是誰。那些照料他的醫生與不斷前來質問他的警察自然也不知道。有名長得很像肉販的護士，一開始似乎對這名不斷詢問自己是誰、原本是怎樣的人與他到底在哪裏的傷者，以及這一類的問題特別沒耐心；但是之後她開始同情他，告訴他她在他的衣服，或者更正確的說，在原本是衣服的布條間，找到了一張上面有六個名字的紙，並把那張紙交給了傷者。護士與傷者之間達成了協議：傷者不會對任何人透露這件事，尤其是對主治醫師，一個字都不會提。主治醫師是個個子很高，看起來病懨懨的人。他似乎痛很那個護士。每當主治醫師質疑某個失去記憶的傷患所說的話，或是用各式各樣的問題打擾傷患時，她都會出面捍衛。那天晚上，失去記憶的傷患逃出了醫院：他決定要去尋找那張紙上的六個人，讓他們告訴他他是誰或是他的身分。他帶著意外發生時，身上所攜帶的錢（那是一大筆錢，他並不知道他是怎麼拿到這麼多錢的。那天晚上，護士私底下偷偷把這筆鉅款連同他的衣物，一起拿給了他），住進了城郊的一間旅館；然後他以旅館為根據地，靠著電話簿，開始尋找清單上的人名。嗯，要找這些人並不像觀眾所想的那麼簡單：六個人的其中三個已經死了，或是搬離了原來的住址；另外兩個人同意跟他見面，卻告訴他，他們完全不知道他是誰，也不知道爲何自己的名字會出現在那張名單上。他和這兩人的會面都是劍拔弩張，而且結局不佳，兩次都被人趕出來。名單上的每一個人都與那間醫院有些關聯，不過主角不覺得這件事有所蹊蹺。名單上還剩下最後一個人。既然這個人拒絕與主角見面，主角決定去他家盯梢。這時主角有些訝異地發現，他對盯梢這件事非常在行。這樣的技能讓他能夠偷偷跟蹤他人，被追殺時能混身在人群中不被發現。另一個好用的技能，則是他在某個晚上發現的：撬開門鎖。撬開後，他進入一個黑暗的房間，看起來像照明不佳的起居室。他掂著腳尖走了幾步，走進旁邊的房間，發現是廚房後想回頭走進起居室，但只走了幾步，他就感覺到有人從上方給他一記重擊，讓他臉朝下倒在地上。一轉身，又挨了一記重擊，這次打在肩膀上，他再次摔倒在地。此時他發現手邊有一盞檯燈，於是他打開燈的開關。在短暫的片刻中，光線照亮了整個房間。被突如其來的光線弄花了眼的攻擊者往後退了一步。這時主角拿起檯燈，砸在那個攻擊他的人的頭上。燈被拋向攻擊者時，在空中畫出一道明亮的軌跡；主角得以在燈的插頭被扯掉之前，看見攻擊他的人，個子很高，看起來病懨懨的。主角發覺躺在地上，被檯燈打破頭的那個人看起來很眼熟；於是他打開旁邊桌子上的小檯燈，把燈湊近躺在地上，似乎已經死了，搞不好眞的已經死了的人的臉孔。主角發現就是他的主治醫師。就像所有爛片一樣（這一部眞的很爛，我想我一開始看時就已經知道了），主角想法的串聯是用重複播放先前片段的手法來呈現：那長得像肉販的女護士的臉、她用超乎常理的順服所掩蓋與主治醫師間的衝突對立、她交給主角那份名單與那筆錢、主角與名單上那些人的會面，都是那間他在意外之後就進住的醫院的醫師，和一個之前未曾出現的場景：因爲主角不可能現身在那個場景，或者即使他曾經在場，他也不可能了解或記得，因爲他當時還在昏迷中，因此這只能是主角的猜測：那個女護士正在寫著那張清單，她變形的臉上帶著微笑。這時觀眾了解到主角被那名看來像肉販的護士所利用，藉機除掉那些她不喜歡的人，或是曾經羞辱或傷害她的人；同時觀眾也了解到主角注定要過著社會邊緣人的生活，變成一個沒有身分，被迫藏身，被迫活在矛盾的秘密之中的人，因爲他必須隱藏一件事：一個名字，一個連他自己都不知道的名字，他自己的名字。你要怎麼隱藏你自己都不認識的東西呢？我不禁自問。但是這時在螢幕上，傳來了一陣叫聲：一個女人站在起居室通往樓上的樓梯旁尖叫著，然後衝向倒在地上的醫生。她抬起頭來咒罵著主角。主角走出大門，關上門後開始拔腿狂奔。鏡頭照著他遠去，逃離一樁罪行，一次背叛，逃向不知名的地方，逃向一個新的匿名隱密生活，抑或是逃向護士對她展開復仇（雖然主角應該不想再雙手染血，因爲無論如何，他看起來都來不像是個愛用暴力解決事情的人），或逃向任何當電影結束，開始出現演員名單與電視廣告時，那些主角們會去的地方。

46

我以前就看過這部片了，我母親這樣說。當你爸帶我去藏身在城郊的酢漿草市時看的。你幹嘛要藏起來，我這樣問我媽。但是她開始收拾碗盤，告訴我說她不記得了，她說也許我父親把這件事記在哪個地方，在他書房裡的某份文件裡。我點點頭，但是我不知道我爲何要點頭，因爲老實說，我完全不知道我母親在說甚麼。

47

在這一切發生之前，有段時間我曾經想要做一份清單，記下我記得關於我自己以及我雙親所有的事情，以防我開始遺忘的記憶，不會阻礙我記住幾個我想要保存在心裡的回憶，也讓我不會像那部電影的主角一樣，變成一個逃離自己，同時也逃離一個陌生人的人；看完那部片時我這樣想。我的清單在背包裡面。我讓我母親一個人留在飯廳，而我自己去看那張清單。倘若這張清單裡濃縮的是一個人的一生，那是張非常短的清單；當然它還未完成。清單上面寫著：我在五六歲時得過很嚴重的肝炎，之後，或是在那之前，我得過猩紅熱、水痘與德國麻疹，大概都是在前後一年之間傳染上的。我天生是扁平足，爲了矯正，我必須穿著超大的鞋子，讓我超難堪的。老實說，我根本不該穿布鞋。我曾經吃素幾年，現在即使不吃素了，我還是幾乎不吃肉。我五歲就自己學會認字；那時我看過幾十本書，但是我現在什麼都記不得；只記得那些書都是外國作家寫的，而且他們都已經死了。一個作家居然可以是阿根廷人，甚至還能在世，對我來說是最近才發現的新鮮事，而且這讓我非常訝異。母親說我剛出生那幾天都沒哭過，我整天只是睡。我母親說，我剛出生那幾年，我的頭大到只要讓我坐著的話，就會開始傾向一邊，然後頭下腳上地掉下來。我是不哭的人；但我記得哭過幾次，直到我祖父在一九九三年或一九九四年過世之後，我就再也沒哭過了。從那時起就沒哭過，我想是因爲服用藥物的關係。也許那些藥物唯一的藥效是讓人無法感到完整的快樂或是完整的悲傷；感覺就像是一個人漂浮在游泳池中，既無法看見池底，也沒辦法去到水面上。我在十五歲時有了性經驗。從那時起，我不知道與多少個女人有過性關係。我三歲時就從我媽帶我去的托兒所裡逃出來過；在我重建從消失到在警局之間的過程時，我發現有大約一百分鐘的時間，沒人知道我身在何方，就連我自己也不知道。我祖父是畫家，我外公在火車上工作。前者是無政府主義者，後者則是裴隆黨員。我祖父有次在一間警局的國旗旗桿上撒尿，但是我不知道究竟為了甚麼，也不知道在何時發生。我想是因為人家不讓他投票，或是類似的事情。我的外公是哥多巴到羅沙里歐的火車上的守衛。在那之前，火車會經過呼呼宜與撒爾塔兩個省份，最後到布宜諾斯艾利斯。這是裴隆黨反抗軍運送炸藥的路線，雖然說要運送那些東西，沒有鐵路公司員工的協助是不可能的，我不知道外公是否曾經主動協助他們。我記不得我買的第一片唱片是甚麼了，但是我還記得我是在哥多巴省一個叫做坎東加的地方，在一輛塞滿人的車裡，聽到第一首讓我感動的歌。那是一個電台節目所播放的兩首歌，四周的山脈讓聲音變得很奇怪，聽起來活像從遙遠過去直接傳過來的一樣。我父親不喜歡西班牙電影，他說看了他頭會痛。一九九〇年代在阿根廷時我都有去投票，而我總是投那些沒贏的候選人。我從十二歲到十四歲時，每個周六早上都會去一間二手書店打工。我母親的母親在她小時候就過世了，我不知道死因為何，從那時起，一直到她們的青少年時期，我母親與她的妹妹都在孤兒院裡度過。我想我母親對那段時期唯一的記憶，只剩下某次看到一個沒穿修女服的修女，還有她妹妹總會偷吃她的食物。在我九歲到十三歲之間，我一直是個狂熱的天主教徒；之後，基於自身經驗所發展的道德觀，無法與基督教倫理相容，所以我就遠離了天主教。現在我覺得它在哲學上看來很荒謬。我覺得伊斯蘭教是比較符合現在我們所處的這個時代的宗教，同時也是比較實際的，因此可能也是眞實的。所有的心理分析治療都對我沒有任何幫助。我的雙親是報社的記者。我喜歡吃我母親做的義大利餃、餡餅與炸雞排。我喜歡土耳其沙拉、匈牙利燉肉和魚肉。我父親曾經被鏟子傷了一個腳趾頭、有次他從馬上跌下來，摔在一道鐵絲網上、他有次在準備烤肉時，不小心被汽油燒傷、他曾經把手指頭插進電風扇、用頭撞破過一道玻璃門、發生過兩次撞車意外，雖然這些意外是在很多年之間發生的事情，而且互相之間也沒有關聯性。我的祖母與外祖母分別叫做費麗莎與克拉拉。這些都是好名字。我學過英文、德文、義大利文、葡萄牙文、拉丁文、法文與加泰隆尼亞文。我會說一點塞爾維亞克羅埃西亞文與土耳其文，不過只夠用來旅行。我不喜歡小孩子。我喜歡看到人在街上絆倒或是被狗咬到或是遭受類似的意外。我不喜歡有自己的房子，我比較喜歡在我認識的人家裡睡覺。我不在意死掉，但是我害怕我重視的人會死掉，尤其是我的父母親。

49

當我們離開醫院時，我告訴我母親我想走路回家，不過我還是站在那裏，直到她上了一台計程車，計程車開走，消失在街角。然後我才開始往家裡走去。我一邊走，一邊享受著觀察走過我身邊的人、開車經過時吼著我聽不懂的話的人們；以及站在商店櫥窗前的男男女女們。這城市的日常生活，我曾經參與其中。在我離開之後仍然一如往常。此時此地，我有機會得以觀察他人，卻不被他人所觀察，彷彿我變成自己的幽靈一般，所謂幽靈，不過就是把自己變成另外一個人。我看進一間服飾店裡，以爲我自己就是在裡面試穿毛衣的那個人；看見市立圖書館的燈，仍然爲了最後幾個讀者亮著的時候，我就想像自己是他們其中的一個；看見一個在窗前閱讀或是寫作的人，或是有個人獨自在準備早一點吃晚餐時，我就會想起我曾經也如此；有時，當我閱讀或寫作或煮晚餐時，我會以爲自己聽到腦中有個聲音告訴我說一切都會順利，我會寫出我一直想要寫的書，或者在我能力所及的範圍裡，寫出相近的東西；之後我會覺得被抽空，沒話可說；那聲音會告訴我，我會透過我一直想找的那些出版社出版我的書，然後我會找到忠誠的好友，他們懂得喝酒也懂得歡笑。我會有時間閱讀一切我想讀的東西，會放棄並接受我無法讀完一切，總是會發生這種事的；而大致上來說，所有的一切都不會出錯。這時，當我一邊走在城市裡，不被除了我自己之外的任何人所觀察時，我第一次搞明白在我腦海中迴響了那麼多次的聲音，尤其是在我最不得志的時候、最懷疑自己能力的時候，那是個既陌生又熟悉的聲音，原來就是我自己的聲音，或是我本來將成爲的那個人的聲音。在看過一切世事，經歷過一切，回到自己的國家之後，那個聲音會一邊觀察我在店裡試穿毛衣，或在圖書館裡看書，或是在準備早一點吃晚餐時，一邊低聲告訴我一切都會順利無事，然後跟我保證我會有更多的書、更多的朋友與更多的旅行。只是在這時我自問如果我回到我住的那個德國小城時，會發生什麼事情：是否我會再次聽到那個聲音，向我保證未來有得是時間，我還是會見到大家，也許其中還包括我的父親，還有我會留下他們存在的證明：是否那個聲音這次會告訴我眞話，或是像過去那麼多次的經驗一樣，再次告訴我一個仁慈的謊言。

52

一道光線由我父親書房的百葉窗照了進來。但是把百葉窗拉上來後，照進書房的光感覺並沒比剛剛那道光線亮多少。我拉開窗簾，打開一盞桌燈，即使如此，我還是覺得房間裡不夠明亮。父親在我弟弟小時候，總是告訴他可以出去玩，但是只要天黑到看不見手時，就要回家。但是弟弟即使在黑夜裡還是看得見自己的手。而在這個時候，雖然太陽尚未下山，但看不見手的人是我自己。我覺得背後有個人站在那裡，有那麼一瞬間，我以爲那是我父親：他走進來要罵我，因爲我未經他許可，就跑進他的書房裡。後來我發現那其實是我弟弟。我覺得我大概是瘋了，我對他說，我看不見我自己的雙手了。我弟弟盯著我看，然後告訴我：他也這樣覺得。我不知道他的意思是指他也覺得我瘋了，或是說他也看不見他自己的手。不管怎樣，過了一會兒之後，他回到書房裡，手上拿著一盞檯燈。照明還是很暗，但是足以讓我看清黑漆漆的書房中的一些物品：一支裁紙刀、一支尺、一個裝滿鉛筆、原子筆與螢光筆的筆罐，與一台被豎直以節省儲放空間的打字機。在桌上有一堆文件夾，不過我還沒碰過它們。我坐在我父親的椅子上，望著花園，自問他曾經在這裡度過一生中多少個小時，他是否曾經在那裏想過我。書房冷得像結了冰一樣，我向前靠去，從桌上那堆文件夾中抽出一本來。文件夾裡有一些關於我父親籌劃，但未成行的旅行的資訊，也許他也無法成行了。我把文件夾放到一邊，又拿起另一個文件夾。這個文件夾裡收集了一些最近報章的剪報，都是他寫的文章。我讀了一會兒裡面的文章，然後也把這個文件夾放到旁邊去。在一張紙上我看到我父親最近的閱讀清單：有一本亞歷西斯·德·托克維爾的書、一本沙爾緬多的書、一本阿根廷公路指南、一本關於那種被稱爲恰馬媚（chamamé）的阿根廷東北地區音樂的書，以及一本我許久之前寫的書。在下一本文件夾裡我找到了一張翻拍的舊照片，它被放大到人物的臉孔都變成一個個黑白的顆粒。在照片裡有我的父親，雖然那時他還不是我的父親，而是在我認識他之前的樣子。他的頭髮有點長，留著鬢角，手上還拿著把吉他。在他身邊有個留一頭長髮的女子，臉上的表情嚴肅得讓人訝異。她的目光看起來像是在說，她沒時間浪費在停下來擺姿勢好好照相，因爲她還有更重要的事要做，她得去鬥爭，趁年輕時死去。我想著：我認得那張臉，但是在詳讀過我父親收藏在那個文件夾裡的資料與文件之後，我想著我不認識那個人，我從未看過他，我也希望我最好從未看過他，從不知道在那張臉孔之下是個甚麼樣的人；同時我也希望自己對父親最後那幾個禮拜的人生，繼續一無所知，因爲總有某些事情你不會想要知道，因爲只要你一知道，那些事情就會變成你的，而有些東西你永遠都不想擁有。

II

（……）必須要考量到一種態度，一種風格，經由它寫下的東西都能成為流傳下來的文件。

——謝沙・艾拉（César Aira），三個日期

1

那本文件夾的尺寸是三十二公分乘以二十二公分，它是用低磅數的紙板做的，顏色是慘澹的黃色。它大概兩公分厚，用兩條以前可能曾是白色，但是現在變成淡褐色調的鬆緊帶綁住：一條垂直固定，另一條水平固定，所以兩條鬆緊帶變成了一個十字形，更正確地說，是一個希臘十字。在水平固定文件夾的那條鬆緊帶下方約六七公分處，離文件夾下緣約三公分處，在黃色紙板上有張小心貼上的紙片。紙片上的字是黑色的，印在灰色的紙上：紙片上只有一個字，那個字是個人名：「布爾迪索」。

2

在文件夾裡面的第一頁，有另一張貼紙，上面有著一個人的全名：阿爾貝爾多・荷西・布爾迪索。

3

文件夾裡的下一頁，是一張照片，上面的男人看起來很害羞。他的臉在照片上幾乎看不清，旁邊有張剪報，是一篇報導，標題寫著「一位市民的神祕失蹤案」，報導這樣寫著：「阿爾貝爾多・荷西・布爾迪索是酢漿草市的居民，任職於酢漿草運動俱樂部多年。本週一當他未現身職場，週二也未曾出現後，關於他失蹤的神祕事件，傳了開來。從那時起，相關調查程序與流言就一併啟動。他的同事們也透過自己的管道企圖追查他的下落。他們到他位於河流省大道的住家，發現該處無人出入，只有他的腳踏車被棄置在屋外的庭院裡，由他的狗守護著。」

從星期一起，就沒人看過「布爾迪」，他可能告訴過某個同事，那個週末會到歐沙里歐城（譯按：應為「羅沙里歐 Rosario」，但作者故意寫成「歐沙里歐 *osario」，可能是因阿根廷軍方當年給福克蘭島戰爭的代號是「羅沙里歐行動」之故）。這位市民可能在周五與周六之間領了薪水，因為酢漿草運動俱樂部會在每月最後一個工作日支付薪資。」「在星期一晚上十點，他們打到101專線來。在那裏，一位同事告訴我們他沒到酢漿草運動俱樂部上班。我們問過他的鄰居、到聖荷爾黑地方法院去備過案，於是法院准許我們開了一個『失蹤人口調查檔案』，但是現在，在理論上，這不代表我們會排除其他的可能性」（？），警察局長烏果・由沙這樣告訴酢漿草數位報。同時他又補充說：「我們到他的住處去確認過，並未在該處發現任何使用暴力的跡象。我們有好幾個假設，希望能盡快找到他。」

他的同事最後一次看到布爾迪索，是在週六中午下班時。在那裏，他向該機構的一位守衛提到可能會在周末到歐沙里歐城逛逛。

根據數位鄰居的證詞，六十歲的阿爾貝爾多·荷西·布爾迪索，最後一次被看見是在周日下午在他居住的那一區，約在河流省街四三八號處。

另外一個關於這位市民的特殊之處，是他只有一位在軍政府獨裁時期失蹤的妹妹，以及幾位住在酢漿草市郊外的表親，但是他幾乎與他們沒有任何往來。」（資料來源：酢漿草數位報，二〇〇八年六月四日）

4

接續著這篇句法荒唐的文章，是數位版文章上面的照片的放大版本。在裡面可以看見一個男人，有著圓臉、小小的眼睛，和一張凍結在某種微笑上，嘴唇豐厚的大嘴巴。那人頭髮很短，看起來是淺色頭髮或是白髮；拍這張照片時，他看起來正從另一個只能看見一隻臂膀的男人手上，接過一個像是某種紀念獎牌之類的東西。那個男人——沒有理由不相信他不是阿爾貝爾多·布爾迪索本人。應該說，一切的一切看來都指向他就是布爾迪索。——他穿著一件有V字領口的淺色馬球衫，脖子上掛著一副沒有鏡架的眼鏡。大概是爲了照相好看，所以把眼鏡拿了下來。那塊獎牌上的文字在相片裡無法辨識。

5

因爲他住在那個小城，我父親在那兒長大，之後也固定每隔一段時間就會回去，現在我妹妹也住在那裏，這是我第一次看到這篇新聞。現在我想著，在那突兀的文法與警方的荒謬術語下——不然像「但是現在在理論上這不代表我們會排除其他的可能性」這樣的句子還能是甚麼？——有一種對稱性，也就是我在尋找我的父親，而我的父親則見證了他對另一個人的尋找。這個人他也許認識，也許失蹤了。

6

另外一個祕密則是誰在見證這件事，又是誰對尋找這個人有興趣。但是這秘密對我來說幾乎是無解的事。

7

對於酢漿草市我還記得甚麼呢？一片時而枯黃，時而翠綠的土地，房舍與市街總是緊緊相鄰，看來這個城鎮比我記憶中，或那些相關統計資料所顯示的還來得小。在已經廢棄，被草木逐漸侵蝕的幾線鐵路旁，有著一片小林子。在那片小林子裡有青蛙與大蜥蜴；這些動物會在一天最熱時，躺在廢棄鐵路旁。牠們一發現你接近時就會逃走。孩子們之間流傳著一個說法，如果你碰上一隻大蜥蜴，你一定得想辦法站到牠前面去，不然如果牠尾巴一掃，就可能打斷你一條腿。孩子們還喜歡玩一個遊戲：我們會到水溝裡去抓幾隻青蛙，把牠們活活丟進一個塑膠袋，然後將袋子放到馬路上讓車子輾過。遊戲的重點在於在車子輾破塑膠袋之後，我們必須把支離破碎的青蛙軀體撿到路旁人行道上，然後在那裏重組出一隻完整的青蛙：先拼湊出一隻青蛙的人就贏了。在我們常常玩這種拼圖的那條街上，對面有間老舊的酒吧與被擴張的城鎮所納入範圍內的鄉下雜貨店。我祖父常在傍晚去那兒喝杯葡萄酒，也許順便找人打打牌。在夏天我們可以吃一間叫做駁藍瑞克（沒錯）的店裡的冰淇淋。我記得店老闆並不叫那個怪名字，而是叫做利諾。我去那裏避暑時總是在閱讀，然後會睡很長的午覺，而且一般來說我會在街道上閒逛很久。那裏的街道就像一九五〇年代美國西部片裡那些小鎮的街道一樣：街上幾乎都是獨棟木房，每一間幾乎都是大門深鎖，百葉扇輕開，以便從屋內向外窺探。到了傍晚，每個人都這樣子做，活像是禁止在特定時段向外窺探的禁令已經結束了一般，而且每個人都拿著椅子到人行道上，坐下來與鄰居聊天。當然每個人都互相認識，他們會說早安或午安或是類似的問候語，互稱名字或綽號，而排除姓氏的使用，因為每個名字與綽號都有一段故事，一段關於那個名字或綽號，主人與他的家人的故事，是現在的故事也是過去的故事。我父親家族裡有些叔伯又聾又啞，所以我就被叫成那個啞巴家的孩子，或是畫家的孫子。那些聾啞叔伯們是做地板磁磚的，我想他們是在監獄裡學會這項工夫，他們養的狗群會回應他們能夠發出的狗名字，他們不會說話：於是把狗兒叫做「扣」或是「珀」，或是類似的名字。鎮上從來沒有過重大竊案，居民們在夏天習慣門戶大開，車門打開，腳踏車就丟在院子的草坪上。在我祖父母家轉角，有塊用來養兔子的土地；另外有個人有間雜貨店，裡面的貨架高到可以頂住很高的天花板。我喜歡那個人賣的麵包。我也喜歡我祖母泡的冰茶，以及我祖父用口哨吹出的那些老歌，他總是在吹口哨，或是囁嚅些甚麼。祖父的雙手被用來去掉油漆漬的去光水，燒灼得體無完膚。但是據我所知，他以前曾經有過更淒慘的日子。在鎮上沒有書局也沒有圖書館：只有一間兩個老婆婆一起看顧的店在賣報紙與幾本漫畫。當我去買漫畫時，只要她們倆覺得我適合看，而漫畫裡也沒有任何不適當的內容的話，她們就會賣給我。在鎮上根本沒有其他的事情好做，除了到大街上的電影院去看電影以外。電影院會連續放映兩場給小孩子看的電影，因爲那間電影院不播院線片，影片庫存也很有限，所以總是重複播放同樣的電影，因此我們這些小孩只能想辦法在電影播放時，自己找些別的樂子：我們會把糖果放進嘴裡，等到舔夠了，糖果也夠濕黏了，我們就把糖果拿出來，往坐在前面幾排的女孩子的頭髮丟。有些特別殘酷的孩子則會用口香糖代替糖果；用手去試著把頭髮上的口香糖扯下來，反而會讓口香糖粘得四處都是，於是會有哭聲、笑聲與各式各樣的威脅恐嚇。我也喜歡鎮上一個養蜂人生產的蜂蜜。但是除了那些事情以外，在那地方眞的沒有甚麼事好做，只能窺探他人，與被他人窺探，以及維持一種毫無牽掛與正經的表象，就連我們這些孩子們也不例外地被迫這樣做：我們每週都必須去上教堂、對國家節慶表示尊重、以及遵循僞善與外表假象所帶來的結果。這似乎是酢漿草市居民的在地傳統，而他們也特別以此自豪，同時默默地決定他們會抵禦眞理與進步的衝擊，因爲對鎭民來說，眞理與進步都是外來的事物。

8

接下來的一篇文章也出自同一個數位媒體，是在前一篇隔天刊出的。文章寫著：「阿爾貝爾多．布爾迪索仍不見蹤影。他已經失蹤七十二小時，尋找他的人在鎮上與本地也未尋獲太多線索。警方於本週三對其同事、家屬、鄰居與朋友密集做筆錄，收集其證言後，義消與警方，在本地進行了徹底的地毯式搜索，搜遍了鄉間道路、沼澤區、以及布爾迪索居家周遭的廢棄房屋與空屋，但是完全沒有結果。」「我們針對鎮區與鎮郊派出偵查車與進行螺旋式的搜索，但是到現在爲止，我們一無所獲。今天一整天我們會繼續搜查。我們清查過灌溉水道、下水道、空地，但是至目前爲止，甚麼都沒找到。」警察局長烏果．由沙如此向酢漿草數位釋。阿爾貝爾多．布爾迪索最後一次被看到時，是在週日晚間，在其住處附近，在河流街400號。

在週三之下午，又有了另一個新發現，阿爾貝爾多．布爾迪索的提款卡被發現卡在國家銀行的自動提款機裡。「提款卡的事發生在週六。」第四分局的由沙，解釋。搜查人員向Creditcoop信用合作社（提款卡由此機構發出）與國家銀行（提款卡在他們的提款機A裡被人發現」等兩家金融機構，要求其提供這位消失鎮民的帳戶金錢進出明細。」

9

接下來的紙張都被釘書機釘住左上角，把它們固定在一起。那是一篇殘缺不全，關於酢漿草市的簡史。我的父親親自動手塗改並放大過這篇文章：「建城，這樣的說法適用於酢漿草市的誕生……。並沒有在某個特定時刻的單一儀式，或是清楚表明的意志，以決定這個小鎮何時創建（手寫劃掉痕跡）。由於是同時規劃三個城鎮，因此情況變得更加複雜……。」帕索鎮是在一八八九年創建、酢漿草鎮在一八九〇年，而泰斯鎮在一八九二年。依照省政府命令，這三個城鎮在一八九四年合併在一起，正式創建酢漿草市，其……。一八九〇年一月十五日，由卡孃達德勾梅斯發出第一班火車，經由……決心要定居在這片阿根廷中央鐵路公司……土地的移民的親朋好友們，此為酢漿草市的創建日期，毫無不敬之意（被用筆劃掉），其複雜之互動界定了……鄉間……。這名稱最早是在阿根廷中央鐵路公司建造支線時浮上檯面的……，由英國資金所資助。這間分公司乃是負責沿線所有站名的取名……連續三個車站都是以大英帝國的象徵為名。所以出現了紀念英國國徽上的紅白色玫瑰的「玫瑰車站」、以蘇格蘭國花為名的「薊花車站」、與紀念愛爾蘭象徵的「酢漿草站」。……在一八八九年左右第一批來定居在我們的屯墾地的人們是……在一八九五年，該年度的全國人口普查指出在當地鄉間有三千三百零三人，城鎮則有三百三十三人，因此……大部分都是義大利

9 在南美洲對於中東各國與阿拉伯國家移民的稱呼。

移民，雖然也有西班牙人、法國人、德國人、瑞士人、南斯拉夫人、俄國人、擠在船上以第三國護照入境的「土耳其佬」[9]們，大多數人在一九一四年從維多利歐德羅倫奇與馬可斯德拉托雷兩位先生取得土地，在一九一八年擴建，並將一部分租給當地警局，且建造了一間集會廳。一九四一年，當慶祝酢漿草市創建五十週年時，決定建造一座紀念碑。因此當局委託女雕刻家艾莉莎·達米阿諾，打造前述之紀念碑。設計的概念是在紀念碑底部雕出四個手牽著手的人像，以象徵我們這區域的人們。在紀念碑上面，有一座女性，以及麥穗與一袋麥子的雕像，以象徵作物豐收。紀念碑面對西方的一面有一塊銘牌，上面刻著這樣的銘文「酢漿草市居民致首批屯墾民」。一小群西班牙移民在一九〇一年創辦了西班牙協會，因爲由他們利用每周日的時間自行建造，如此塞萬提斯劇院才得以成功開幕。一九二九年與一九三〇年該劇院擴建了大廳、內部裝潢與演員休息室。當地的主要慶典是西班牙遊行，在每年十月十二日的種族紀念日舉行。劇院裡會舉辦盛大的舞會，大廳則以水銀蒸氣燈照得明亮，因爲當時該處尚無電力。舞會裡有來自布宜諾斯艾利斯的樂隊與風笛樂手演奏。市民們會到火車站等樂手們到來，然後由火車站開始遊行，一路上有樂隊伴奏，還會分發點燃的火炬給陪著樂隊遊行的市民們，直到一九四五年停辦爲止。一九四九年當局決定在廣場中心豎立一座祖國紀念碑，因此傳統的屋舍被夷平。同時當局也決定將廣場的名字改成聖馬丁……酢漿草市第一間天主教堂開幕，以紀念殉教者聖羅倫索。一九二一年霍阿金·賈西亞·德拉維加，於一九二五年建造了雄偉的托斯卡文藝復興式建築（下文被用筆劃掉）。於（鉛筆註記：一八九四年）九月當局任命恩立奎·米列斯、聖地牙哥·羅西尼、與荷西·泰斯幾位先生負責建造墓園。同年十一月十九日正式成立義大利互助協會「義大利之星」。一八九六年當局任命第一位墓園管理人，卡西米羅·維加。一八九七年當局決議建造市立屠宰場……一九四六年九月十六日創辦體育俱樂部。以及捐血志願人俱樂部開幕。一九八四年經由一條布宜諾斯艾利斯省法令，本鎮得以升格成爲市，因此舉辦了相關的慶祝活動……。全國擠奶機節……製造南美洲的一台機械式擠奶機……全國選美皇后，由聖達菲省各行政區之代表中選出。第一次典禮乃由酢漿草運動俱樂部所籌畫，有鑒於此國民音樂在酢漿草市大受好評，他們夢想著後代（被用筆劃掉）於二月在全新的花車遊行場地，由酢漿草鎮政府再行規劃。遊行中可以看見花車遊行、樂隊表演、參選嘉年華會皇后的小姐們、施放泡沫與民俗舞蹈……在所謂的「潮濕彭巴大草原」的中心，也就是南美洲的最大糧倉，相較於品質及數量，此處是世界上最重要的可耕種土地之一，適合種植各種作物與放牧。」

10

在出自同樣一個媒體，於二〇〇八年六月八日出版的另一篇文章如此說：「歐里爾・包杜柯警察局長告知酢漿草數位報關於尋人搜索之細節」「我個人因公務開始搜尋這個人。消防隊員們也志願參加，所以他們加入我們的行列，一同搜尋失蹤者。舉例來說，昨天消防隊員們在鄉間搜尋，範圍遍及瑪麗亞蘇姍娜、班杜麗亞斯及薊花鎮這幾個小鎮，但是毫無所獲。」關於越過邊界搜尋一事，包杜柯警察局長指出：「在週日，這位失蹤者的照片已傳到全國各地的警局。我得知在週日下午六點這個人曾到過一個私人住宅，但是之後就沒人知道他的下落。我無法告訴你他在那個私人住宅做了甚麼或是說了甚麼，因爲這是機密。」

警察局長也否認了最近市街上流傳的一些謠言：「我不知道有人在週一在一間銀行裡看過他這件事。他的金融卡是他在週日最後一次被目擊之前就被發現的。我甚至已經在他家尋獲了金融卡的提款收據。現在我們請所有擁有關於這位失蹤者任何消息的人士，能夠到警局告知警方相關的資訊。」

11

在一張看來像是從百科全書中摘錄下來的紙張上，印著一連串的資料：「32° 11’ 12” S 61° 43’ 34” O；海拔92公尺；344公里?·居民大概10506人；當地居民被稱爲酢漿草鎮人；郵遞區號：S2535；電話區碼：03401」接下來有一些用筆書寫的註記，也許是我父親寫的：「有兩隊足球隊：酢漿草體育俱樂部隊與快車體育俱樂部隊；分別被稱爲『天藍』與『綠蟲』；與聖羅倫索俱樂部，在教堂旁邊；有四間小學，兩間中學與一間特殊學校。居民一萬六千人。」

12

「針對布爾迪索案，並沒有任何新的進展。阿爾貝爾多・荷西・布爾迪索仍未現身。似乎從上周日開始他就被大地給活活吞噬了。他失蹤已經一週，警方所獲得之資料與線索非常有限。現在警方只找到了他週六卡在國家銀行的提款機裡的金融卡。之後沒人知道他的任何行蹤。由他的同事所散發的傳單，可以看得出他們的焦慮與急於知道他的任何消息。從警方口中無法得到，或是幾乎沒有。其餘的資料都被列為機密。義消們在上週四就已結束在全區的搜索工作；本週末有傳言指出這位失蹤的酢漿草俱樂部職員的遺體在一座井裡被尋獲，但是此一謠傳很快就被警方否認。警方已採集許多人之證詞，並在各地搜索。酢漿草市的市民要求當局必須對於這起，我們不能如陌生人般冷眼旁觀的懸案作出解釋，或提供一個令人信服的答案，因為這有可能發生在我們任何一個人身上。」（酢漿草數位報，二〇〇八年六月九日）

13

一張在左上角被揉皺的傳單，上面有跟六月四日的數位報上面一樣的失蹤者照片。傳單上面寫著：「阿爾貝爾多．荷西．布爾迪索／尋找其行蹤／最後於二〇〇八年六月一日被看見。若有任何消息請聯絡其酢漿草俱樂部之同事。／或請打警察101，消防隊100。／任何消息均感謝您提供。／失蹤者同事上。」

14

在同樣一份地方媒體上有份民意調查，它的標題是「您對布爾迪索一案有甚麼意見？」。透過它可以了解對於此失蹤案件，當地一般市民們有哪些假設與想法。民調的結果如下：

他會出現的（二・三八％）；
他永遠不會再出現了（一三・一〇％）；
他會活著現身（三・五七％）；
會找到他的屍體（二四・〇〇％）
他只是離家出走（四・七六％）
失蹤案牽扯到感情因素（二五・〇〇％）
他被綁架了（八・三三％）
他因自然死因倒斃在某個地方（三・五七％）
他因某些因素離開了這城市（二・三八％）
沒有感想（一一・九〇％）

很快地掃描過這些數字後，可以發現這城市大部分的居民（如當地媒體報導，其中很多人也參與了搜索失蹤者的行動）在當時那個時間點認爲即使找到他，也只能找到他的屍體，而且他的死因是與男女感情因素有關。不過，誰會為了感情，對一個省內運動俱樂部的俗氣工人犯下殺人罪行呢？至今為止，除了一小群人以外，根本無人發覺他在這個城市裡的存在。他不過像是個福克納筆下的傻瓜，人們不都是用事不關己的態度，容忍他的存在，就像大家會容忍鎮上偶然有陣迎面颳來垃圾的強風，或是有座山一樣地無可奈何嗎？

15

對了，如果把前述各種意見的百分比加一加，會發現總和是九九．九九%。剩下的○．○一%可能是沒被算進去，或是統計學上的問題。但是我覺得，似乎就是失蹤者自己。他像是個不可說，連提都不能提及的存在。在那份民調裡所有的選項中，編輯們忘了提到一些可能的選項——他們可以在這份民調裡簡單提一下，即使他們知道這些選項是不可能發生或是假選項：例如說他贏了彩券頭獎；或是他突然想去旅行，所以現在人在法國或是澳洲；或是他被外星人給綁架了等等之類的——；即使列出這些選項，只是爲了證明現實絕對無法被濃縮在一些統計數字裡。

16

「十天不見布爾迪索：阿爾貝爾多．荷西．布爾迪索獨自一人住在酢漿草市河流街400號這一區段的住家。他的住家離他週一至週六早上與下午常去工作的酢漿草運動俱樂部只有四個街區遠。他已在那裏工作多年。他個性單純友善，頗受周遭朋友與同事歡迎。他幾乎沒有親人，只有一些住在城郊的親戚，但是他們幾乎不相往來。六月二日星期一，因爲他沒去上班，他在俱樂部的同事覺得奇怪，當天下午他們打電話給警察，向警察提及他未出勤一事。在那個星期一晚上，朋友到他家時，發現他的腳踏車被扔在他家門外庭院，而守在腳踏車旁的是他忠實的狗，這隻狗跟他形影不離。本市的消防隊員結束了以他住家爲起點，向外放射的螺旋式搜索。除了下水道與灌溉溝渠外，他們也搜尋了每一條鄉間小路、廢棄農莊、與空屋。消防員們從週遭的城鎮如邦督利亞斯、布克特、房屋鎮、瑪麗亞蘇姍娜與薊花鎮來到本市，焦急地搜索了四五天……在此同時，距離他失蹤已經過了十天的時間。最後同等重要的是，『布爾迪』在三年前拿到一筆錢……但現在已經分文不剩。他靠著俱樂部在每個月的最後一個工作日，準時付給他的薪資過活（巧的是他在失蹤前的那個週五領了薪水）。他常有「暫時伴侶」，但並無其他親近的人。

沒人知道，沒人看到，沒人聽到。在城市裡每個人都低聲談論他的事情，似乎是對某件未知的事感到恐懼；如果置這樣的事件不顧的話，明天這就有可能發生在我們任何一個人身上。

對於這一點，警察局長包杜柯表示：『我並未感到任何市民們的壓力』，因爲這樣的事就是會發生，我們正奮力想釐清『案情』……我們現在有新的證詞與新的案情發展方向。接下來幾個小時可能會有新的進展，也可能不會有……我拜託任何有相關消息的人士能夠出面，來警局告訴我們；任何資訊我們都很歡迎。現在我們沒有拘留任何人，因爲理論上我們還不確定這是刑案，或是意外。當然，如果這位失蹤者被發現時死亡了，我們就會把原來失蹤人口的案子，改往別的偵查方向調查。

過了一會兒之後，包杜柯局長說：『在布爾迪索家中並未發現任何暴力跡象，也不像出門去旅行。門關得好好的，其他的小細節就不贅述。』（資料來源：酢漿草數位報，二〇〇八年六月十一日）

17

在這篇報導裡，首次可以看出布爾迪索案件從刑事案件（沒錯，很讓人遺憾，沒錯，很混亂，但是也很蠢）變成一種影響及於大眾的模糊威脅。「沒人知道，沒人看到，沒人聽到。在城市裡每個人都低聲談論他的事情，似乎是對某件未知的事感到恐懼」，這篇報導未具名的作者這樣寫著。不過，從頭到尾，這篇文章都沒指出如果眞的有人開口，會發生甚麼事情；或者是否他的失蹤，或是假設他已被殺或發生意外，與文章中提到的那筆他拿到的錢有關；但是在文章中又提及這筆錢已經被花光了。那爲何一個福克納式的白癡人物會拿到那樣的一筆錢？那個警察局長所提到的「小細節」又是甚麼呢？在報導裡，那個失蹤的人不再是城市居民們所擔心的重點：取而代之的是一種集體的恐懼，恐懼會再次發生這樣的案件，而某方面來說，也是恐懼會失去酢漿草市一直以來近乎傳說般的寧靜。從這裡開始，我們可以說，一個受害的個人，無可避免地變成了一個受害的群體，下一篇於六月十二日，刊登於與先前文章相同媒體之報導，證實了我們的說法：「阿爾貝爾多．布爾迪索的朋友，準備在今天爲十一天前神秘失蹤的本市市民，聚集於聖馬丁廣場，以要求相關單位即刻釐清，針對這件至今對所有酢漿草市居民來說，仍是一團迷霧的案子。抗議活動今日下午五點將正式開始，預計將會有很多市民參加。馬貝爾．布爾加，在週三早上告訴酢漿草市電台：『所有覺得爲了阿爾貝爾多與酢漿草市的安全而請命，是件重要事情的人，都應該來廣場抗議。』」。

18

接下來，在我父親的文件夾裡，有一張對摺成四分之一大小的地圖。那是酢漿草市的地圖，上面還有用黃色螢光筆與紅色及藍色原子筆作的標記。黃色螢光筆標出了一個個的完整區域，而藍色原子筆則畫出了警方的搜索調查路線圖。紅色原子筆被用來標出另一個人的搜索路線，他的路線主要是針對警方沒找過的區域、森林、市郊的廢棄房屋與附近的一條小溪。在地圖的邊緣上，有一些無法辨識的註記。手寫的字母很潦草，但是故意寫得特別小，以充分利用地圖邊緣有限的空間。我還認得出那是我父親的字。地圖很破舊，在右上角還有著泥巴的汙漬，讓人猜想它可能被帶到搜索現場使用過，被我父親帶去的。

19

酢漿草數位報六月十三日的一篇文章標題寫著：「當局現在開始以警犬搜索布爾迪索的下落。」

20

在同一天，該省報紙對這個案件展現興趣。在我父親的文件夾裡有張在歐沙里歐首都報上刊出的報導影本。新聞的標題是「酢漿草市為了一位居民的失蹤而遊行」。有人把文章的重點劃了出來，我想大概是我父親劃的。重點如下：「『反對無罪免罰，支持生命無價』，是這次遊行的標語。遊行群眾要求當局必須要徹底調查此一失蹤案件……警方發現他家中燈火通明，有曾被翻動過的跡象，而且有些物品遺失了……週二，一間本市銀行通知本地警方，布爾迪索的金融卡被扣留在一座提款機內，雖然沒有監視器影片可以辨識出企圖使用這張金融卡的人的身分。除此之外，據透露此金融卡是於五月三十一日中午被扣留在提款機裡的，也就是說，這件事情是發生在受害者失蹤二十四小時前……據悉那筆款項他很快就花光了；部分款項被用來買一棟尚未建造好的房子給一位他暫時的伴侶。他也買了多輛汽車，據稱，在收到那筆錢之後，布爾迪索開始與『不良份子』交往，以致錢很快就花費殆盡……」

21

若你是個不知情的讀者，你大概會自問，為何當該省首都的報紙提到，警方在失蹤者家中發現暴力犯罪的跡象，當地的報紙卻說沒有，以及失蹤者的朋友們去他家找他時，發現房子大門鎖得好好的，腳踏車卻丟在門前（別忘了那些像小說般的細節，例如會跟主人「形影不離」的那隻『忠狗』。）。讀者也會自問為何當失蹤者的提款卡最後一次被使用時，提款機的監視器會剛好失效。一位不知情的讀者也會再次自問，報導裡提到那些所謂的『不良份子』究竟是誰。但是對曾住在案件發生的城市裡的人們來說，答案很簡單：『不良份子』在酢漿草市泛指所有並非出生在該市的人。一個外來者，即使他出生的地方離酢漿草市只有幾公里遠，或是不幸生在一條放牧小路的另外一邊、某座長滿油加利樹的山頭再過去一點、或在鐵路的對面、或是任何位於這個城市以外的地方；因為對於酢漿草市的居民來說，都是不適合人居住的地方，充滿了敵意的環境：冷風穿皮，炎熱炙肉、更無處可資遮蔽風雨。

22

從這裡開始，我父親所收集的剪報幾乎都是重複的報導。翻閱這些文章的人大概腦中只會記得幾個句子：「消防隊員在鄉村地區搜索布爾迪索」「毫無所獲……」「『在毫無線索的情況下，搜索難以有進展。』消防隊長拉烏．多彌尼歐說…」「上週五警方、消防隊與市政府官員再次開始搜索行動……這次投入更多人力，並對每個區域進行地毯式的搜尋。」「聖達菲省特殊警犬隊與專門尋人之刑警們都加入了搜索行動，還是找不到失蹤者。」之類的等等。在這些文章裡，有篇刊在歐沙里歐市的「市民與區域報」的報導特別突出。報導中有一段是這樣開頭的：「阿爾貝爾多．荷西．布爾迪索現在獨自一人住在酢漿草市河流街400號這一區段的住家。」我知道我父親以前在那間報社工作，也知道在那一段話裡有種願望或是期待，從編輯使用「現在」這樣的字眼，以及句子裡現在式的動詞變化可以看得出來。我猜想這篇文章是由我父親親自編輯的，如果他可以省略掉報導文學的俗成規範，他應該可以寫的更簡潔有力，毫無修辭學上的顧慮與拐彎抹角，也避免在文章裡留下他確信的事實、願望或是期待：「阿爾貝爾多．荷西．布爾迪索現在還活著。」

23

「在一個聚集了將近一千人的遊行場合裡，整個酢漿草市抗議布爾迪索案的犯人未受到應有之懲罰，其神秘的失蹤案情也尚未釐清。

由上週一假日下午五點開始，廣場上開始聚集自行前來的群眾，他們在一份要送到聖荷爾黑市的埃拉迪歐．賈西亞法官手上的請願書上簽名……在此次抗議中，第一位上台公開發言的是羅貝多．毛利諾博士，他是布爾迪索的小學同學，……她對一群專注、一個接著一個簽署請願書的群眾如此表示。之後加比列爾．皮優梅提，他與他的母親一起向這次遊行的發起人呼籲……群眾對他說的每個字都給予熱烈鼓掌，並高呼『要正義、要正義！！！』呼聲在半圓形的廣場上回響許久。

在一開始的演說後，群眾中有人喊出：『警察局長也上台講清楚！』於是本市地四分局局長歐里爾．包杜柯上台發言……此時人群開始鼓譟，有人質問：『爲何人失蹤後過了十天，才用警犬搜尋布爾迪索？』『爲何布爾迪索才失蹤兩天，就讓人清空他的住處，而不是封鎖現場？』這時在廣場上對峙情勢升到最高；群眾們的目光緊盯著最高當局的代表，等待著一個從未到來的答案…… 包杜柯局長只如此表示，他之後聽著廣場上的群眾痛罵街上並無警察控管治安，城市裡也沒警方巡邏。

之後費爾南多・阿爾馬達市長向群眾發表演說。除了阿爾馬達市長以外，在群眾中有本市市議員、前任市長，以及布爾迪索工作的酢漿草俱樂部裡的職員與管理委員會成員。」

（酢漿草數位報，二〇〇八年六月十七日）

24

在這篇報導下方有張照片。照片裡有一群人（也許就如報導那位不具名的編輯所言，當時眞的有一千人到場，雖然看起來不像有這麼多）正在聽著一個禿頭演講者說話。照片的背景是一間我看過的教堂，上面的鐘塔與教堂整個建築比起來大得不成比例，看起來活像是隻蜷曲在岸邊，伸長脖子想吃東西的天鵝。看到那座鐘塔時，我想起父親曾經告訴我，我的曾祖父曾經爬上教堂的舊鐘塔。那座舊鐘塔在一場地震，或是類似的天災裡受損，於是我的曾祖父爬上鐘塔去清除瓦礫，以便開始重建工程。這可是件值得一提的大工程，因爲鐘塔的樑柱長年曝露在風吹雨打下，早就已經風化腐朽。所以我的曾祖父是冒著生命危險，與可能危及到我這一代的香火去做這件事的。但是我在那時候想不起來到底這故事是我父親告訴我的，還是我自己幻想出來的：因爲鐘塔非常細，而我記憶中的祖父也非常的瘦，因此我可能把兩者聯想在一起。時至今日，我仍然不知道爬上鐘塔去的是我的曾祖父，還是我的曾外公；我也不知道教堂的鐘塔是否眞的曾經遭受過任何損傷，因爲在酢漿草市少有天災，而且在那地區地震也不常發生。

25

「本市一年內發生三件殺人失蹤與綁架案，」另一篇文章這樣寫著，然後報導強調：

「三件案子眞兇均逍遙法外。」

26

這裡的關鍵字也是「失蹤」，在所有的報導裡用不同的方式重複著，就像每個在阿根廷不良於行與窮途潦倒的人，手臂上所掛的一條黑色葬禮飾帶一樣。

26

在六月十六日的歐沙里歐市的首都報有篇報導，對前一篇報導的事件，以更深更廣的角度來報導，做出修改並加上背景資料：參加遊行人數是八百人，而非一千人；出席者所簽署的請願書上寫著：「不能只把此案當作失蹤案來調查」：加上在遊行現場發表的大部分演說中的動詞時態變化，都是將代表已成往事的未完成過去式與簡單過去式交互運用，讓人不禁假設參加遊行者都認爲布爾迪索已經被謀殺了，因此他們才會要求執法者將此可能性納入考量。同時，對此案聲援的大眾化，與媒體與大眾公開警告發生在布爾迪索身上的事，可能會發生在任何一個人身上，似乎讓焦點從一件普通刑事案件，轉換至無所不在，普及所有人的威脅。可以說參加遊行的那八百個人——雖然說沒錯，那其實是群人數無足掛齒的群眾，因爲就如另一篇報導所堅持，「本市居民有一萬三千人」——已經不只是針對布爾迪索一案要求釐清案情的「正義」，而是開始爲了他們自己與家人的人身安全的「正義」而請願了。沒人希望發生在布爾迪索身上的事，發生在他自己身上：但是那時候，沒人知道在布爾迪索身上到底發生了甚麼事，也沒人自問爲何是發生在他身上，而非其他人身上：例如說，那些試著用一場遊行與一張請願書，驅趕他們內心的恐懼惡魔的人們。

27

在那一年六月十八日與十九日兩天的酢漿草數位報上，刊出了幾篇讀者投書。其中有一篇抗議另一篇無名氏的留言中的「黑色幽默」：那篇留言提議大家去遊行抗議，但不是抗議布爾迪索的失蹤，而是希望他支持的球隊的死對頭球隊能夠失蹤；另一篇則是懷疑布爾迪索是否被「大地給吞噬」了。

28

一份在六月十八日同一天刊出的民調結果，與一週前的那份民調只有些微的不同：

他會出現的（二・六四%，相對於先前的二・三八%）；
他永遠不會再出現了（一一・四五%，相對於先前的一三・一〇%）；
他會活著現身（二・六四%，相對於先前的三・五七%）；
會找到他的屍體（二八・六三%，相對於先前的二四・〇〇%）
他只是離家出走（五・二九%，相對於先前的四・七六%）
失蹤案牽扯到感情因素（二四・六七%，相對於先前的二五・〇〇%）
他被綁架了（五・二九%，相對於先前的八・三三%）
他因自然死因倒斃在某個地方（二・二〇%，相對於先前的三・五七%）
他因某些因素離開了這城市（五・七三%，相對於先前的二・三八%）
沒有感想（一一・四五%，相對於先前的一一・九〇%）

29

另一篇報導的標題是「法醫組人員由首都抵達協助調查布爾迪索案」。報導的日期是二〇〇八年六月十九日。省第十八警隊針對當地警方的偵查進度被質疑一事，做出以下辯駁：「……有關於我們快速前去進駐布爾迪索的住家，與警犬隊太慢抵達本市，構梅斯博士指出：『這兩件根本是不同的事。有關於住宅的事，在尚未確認有任何不幸跡象之前，不能讓房子空著無人居住，警犬的部分則是因爲我們正在搜尋更細微的線索。警犬隊來過本市，很快還會再來。我們現在正在全國搜尋布爾迪索，從一開始我們就是如此做。』」同一位公僕宣稱：「現在我們要找到還活著的他。」

30

「我拜託趕緊找到他，如果他是自行離家的話。如果他被殺了，拜託趕緊找出罪人。我拜託所有去過那裏（六月十七日的遊行）的人，他們都是自願去的，沒人逃得過的，同樣的事可能發生在我們所有人身上。」拉蔻兒．P．索普蘭奇在二〇〇八年六月二十日的酢漿草數位報上這樣說。

31

我繼續讀我父親的文件夾，一篇酢漿草數位報六月二十日的報導上的標題，印在一張美麗的本市照片上，感覺和在一張古老照片裡出現現代產品一樣格格不入：「在一口廢井內尋獲了一具屍體」。

32

「在今天早上，約在十點時，酢漿草市義務消防隊工程組，在密集的搜索後，於一口荒廢之蓄水池尋獲一具屍體。事件發生在位於距酢漿草市八公里外之原野，當地有一座空屋與兩口廢井。屍體被棄置在一堆瓦礫與鐵皮之下。消防隊員在洞口執行任務時，本地警方在旁協助。約在正午時，消防隊員得以挖出一具男性遺體，其體重約八十五或九十公斤，高約一百七十公分，穿著藍色夾克與褲子，以及白色T恤。聖荷爾黑市的法官，埃拉迪歐・賈西亞博士，與特警隊及駐紮於裁縫鎮的省第十八警隊幹員抵達事發處勘驗。法醫帕布羅・坎蒂斯博士，對遺體進行初步勘驗。遺體之後被送至聖達菲市做進一步之相關解剖。

『在本省並沒有其他協尋失蹤人口的案件。』省第十八警隊副隊長阿古斯汀・耶羅局長，在案發現場向酢漿草數位報如此表示。他補充說：『我們接到有人報案，才過來這裡。有人到這片原野來，然後聞到在井附近有很重的臭味。週四接近下午，我們在這裡進行勘驗，直到光線不足，因此我們決定周五早上繼續相關工作，所以我們今天一早就到這裡來了。』在井底深處所發現的遺體與二十天前離奇失蹤的阿爾貝爾多・布爾迪索外表特徵相似。」

33

這篇文章裡有幾張照片。在第一張照片裡可以看到五個人把頭探進一口井裡；因爲每個人都靠向井口，所以無法辨識他們的臉孔，不過可以看出其中一個人，左起算來第三個，在那群人的正中央，有著一頭白髮，戴著眼鏡。在另一張照片裡，一個消防隊員正沿著繩子爬下廢井。他戴著一頂頭盔，上面寫著數字三十。接下來的那張照片裡，那個消防隊員已經在井裡，只有由井口透進來的光線，與頭盔上的照明燈勉強照亮四周的黑暗。下一張照片裡有三個揹著全副裝備的消防隊員，後面的背景裡有一副包在黑色塑膠布裡的棺材或是箱子。接下來兩張照片裡，可以看到有五個人扛著那副棺材。其中有個人用一塊手帕摀住臉，也許是爲了避免聞到屍體的臭味。在下一張圖可以看到消防隊員正把棺材放進一輛可能被當成救護車用，也可能不是的廂型車裡。有個人用錄影機在拍攝，但是手插在口袋裡。另外有兩個人微笑著。最後一張照片跳脫先前報導裡照片的時間順序，是被小貨車載走前的棺材。它被放在已經乾裂成一塊塊堅實土塊的土地上，四周沒有任何人，只有一副孤零零的棺材。

34

問：「在尋獲的那具遺體胸口，是否真的與布爾迪索一樣有傷疤？」

回：「在遺體上的確有一道像那樣很重要的疤痕。」

問：「法醫解剖遺體後會有甚麼樣的新發現呢？」

回：「解剖後可以找出死亡的肇因以及屍體腐敗的原因。」

問：「遺體被發現時狀況如何？」

答：「遺體上所發現的各種狀況都會由醫生將他們總結在報告上。」

問：「您是指甚麼樣的狀況？有傷痕與被毆打的痕跡嗎？」

答：「的確如此。醫師們會再確認這些狀況與其他的相關細節，以協助法醫做最後的判定。」

問：「傷痕是在臉上或是在身體上呢？」

答：「是在身體上。」

問：「是槍傷嗎？」

答：「基本上沒發現此類傷口。」

問：「是鈍器造成的傷口嗎？」

答：「基本上沒發現此類傷口。」

問：「**有任何人被拘捕了嗎？**」

答：「我們在酢漿草市與本省的其他城鎮約談了很多人。」

問：「**本案的偵查方向可能改為謀殺嗎？**」

答：「負責的法官會決定的。」

問：「**被約談的人裡面，有人沒到場嗎？**」

答：「被約談的人都到場了，現在他們在各地分局裡。」

問：「**是誰通知在這片土地有具屍體的？請問真的是一位獵人通知的嗎？**」

答：「告知此事的人可能是個來這裡打獵的人，然後他聞到了味道。」

這是刊登在二〇〇八年六月二十日的酢漿草數位報上，在編輯先生或小姐與省第十八警隊的霍爾黑．戈梅斯分局長之間的對話。這篇報導的標題：「我們有資料顯示這具尋獲的屍體可能是阿爾貝爾多．布爾迪索。」

35

「我們在周四晚間與警方人員一起來到這裡。所有的跡象都顯示這裡曾發生過些事情。即使是白天，這裡也是個讓人討厭的地方，而且很危險。晚上我們沒法在這裡繼續工作。所以我們和十八個人一起過來，在地底下十公尺處想辦法把屍體吊上來；我們使用三腳架與索具，這樣屍體才不會那麼重……這不是我們第一次做這種工作……他們（兩名義消哈維爾·貝爾加瑪斯可與『雙生仔』馬謝爾）做過最困難的一次，但是，這是團體作業。」這是酢漿草義消隊隊長勞烏·多明尼歐的發言。（酢漿草數位報，二〇〇八年六月二十日。）

36

在公開六月二十日所尋獲的遺體解剖結果之前，集合了各種線索（尤其是在省第十八警隊隊長與不知名編輯在對話裡所提到的那道疤痕），再加上明確地希望能盡早尋獲失蹤者的願望（你可以說不論死活），都讓人覺得這一切的報導方向，等於默認了那具被找到的屍體就是失蹤者。事實上，在我父親所收集的剪報裡，有一篇六月二十一日的報導，就直接了當地提到「阿爾貝爾多．布爾迪索的遺體將在今日十三時左右抵達酢漿草市。」報導內還提及守靈儀式會在哪一間殯儀館舉行，以及在聖羅倫索烈士教堂會舉行替死者祈禱的儀式（也就是四天前遊行的照片背景那間教堂）、葬禮遊行經過的街道有著像是聖羅倫索、河間省、坎提歐提、哥多巴省[10]這樣的名字。不過，讀者不該在尚未自問到底有誰會謀殺一個福克納式的傻人之前，就接受把在井內尋獲的屍體與布爾迪索的失蹤案這兩件事聯想在一起。布爾迪索只是一個有著孩童般頭腦的成人；一個不喝酒、不賭博、一點運氣都沒有的人、一個必須日復一日做著最簡單的工作，像是清理游泳池或是修理屋頂，以掙口飯吃養活自己的人。在我父親所收集的接下來幾天的報導裡，這個問題蓋滿了版面。這個問題是公眾有興趣的問題；至於私領域的問題，私密到我只能自己問自己，而我也不知要如何回答的那個問題，則是爲何我父親會對一個他也許根本不認識的人失蹤一事，感到這麼大的興趣。布爾迪索對我

10 均爲阿根廷地名。中南美洲街道名稱多以歷史人物與本國地名爲名。

父親來說，不過是在市鎮裡會見到的一張臉孔，也許會讓我父親想起一兩個名字（布爾迪索的名字，以及他父親的名字），但是對我父親來說並沒有多少意義；他們不過是鎮上風景的一部分，就像一座山或是一條河。於是我想著這整件事有著雙重的秘密：布爾迪索在甚麼樣的特殊情況下死去，以及爲何我父親會想要去尋找這個人。我父親似乎想藉著尋找這個人，來釐清一個深藏在現實裡，更大的秘密。

37

文件夾裡有更多的照片：一輛停在一整群孩童前面的白色汽車。他們在一間店面前鼓著掌，店面的招牌寫著「M．S．y B．酢漿草俱樂部」。我不知那些大寫字母是甚麼字的簡寫，但是招牌上一個肌肉發達的男人畫像，半蹲地扛著一面寫著酢漿草俱樂部的簡寫CAT的大盾牌，讓我有種熟悉感。車窗裡伸出的花束幾乎垂到柏油路面上。下一張照片是同一個場景，但是由另一個角度拍攝，由攝影師站在哀悼者人群中拍攝：他的位置可以讓我們看見店對面也站滿了人。還有更多的照片，都是在同一個時刻拍的，但是角度各自不同。在這些照片裡面，最吸引我注意的是俱樂部招牌上那個巨大的裸體猛男，與群眾們厚重衣裝的對比。[11]接下來有兩張照片，上面是一個老人站在車旁演講。老人禿頭、戴著眼鏡、穿著一件暗色的大衣。從車裡伸出的花束上，有人在上面加了一條披肩或是帶子，帶子上面有一排字，但是從照片裡只能看出「委員會」這幾個字。我覺得那個老人看來很熟悉，我自問他是不是小時候幫我從喉嚨裡拔除魚刺的那個牙醫。他是個手抖得非常厲害的牙醫，也因此他手上的鉗子比我喉嚨裡的魚刺給我更大的恐懼。接下來那張相片，我比較容易辨識出那是甚麼。事實上，我很快就認出來了，快到冒泡；就像我的記憶一樣；我的記憶不會細細地回

11 南半球季節與北半球相反，六月爲冬季。阿根廷受其大部分移民母國的南歐國家文化影響，有在出殯時鼓掌以爲紀念死者之習俗。

想，而是將回憶噴灑出來。那是本地墓園的大門，有幾十個人出現在車子前面的一條小徑，他們的手上都拿著花。照片背景有棵棕櫚樹，似乎因爲寒冷的天氣發著抖。在下一張照片裡，可以從另一個角度觀察到那群群眾，以及一排行道樹與一片平坦空曠的土地。接下來有兩張以葬禮爲主題的相片，有些人帶著花冠走進墓園大門，往攝影師的方向走過去。若是很快地瞄一眼的話，你會發現相片裡的人變成像是一塊塊局部特寫的碎片：一張留著小鬍子的臉孔、一道樹籬、兩條領帶、一件夾克、一張孩童訝異的臉龐、一件搭配著運動褲的毛衣、有個往後看的人。另一張照片裡，四個人抬著棺材，站在牆上的墓穴旁邊，準備將它放進墓穴。其中有個人背對著鏡頭，另一個人則看著攝影師，臉上略有責備的神情。之後一張照片裡有著一塊墓碑，上面寫著：「願她安息。多拉．R．布爾迪索 一九五六年八月廿一日（也有可能是一九五八年，因爲相片看不太清楚），妳的丈夫與兒女們在此獻上他們的愛。」這可能是還未放進布爾迪索的棺木前的墓穴裡的墓碑，也許是死者他祖母或是他母親的（但是這麼說的話，他父親被葬在哪裡呢？）也許這是個家族墓穴。[12]

12 阿根廷墓園與南歐國家相同，爲在地上建造墓龕，墓龕中或牆壁上挖穴，再置入棺木或骨灰。同一家族可能同葬一穴或同置於一座墓龕中。

38

之後還有最後一張關於葬禮的照片。看到那張相片之後，我覺得很疑惑，頭腦一片混亂，就像看到一個死人從路上走過來，他背後地獄般火紅的暮色切割著他的身影一樣。相片中是我的父親，可是他的樣子就跟剛剛我在醫院裡看到的一樣：行將入木、光著頭、一道白鬚掛在癯瘦的臉龐上，就像我記憶中的祖父一樣。父親戴著一副無框的大眼鏡，像是警察或是黑手黨戴的那種，然後穿著一件白色大衣，雙手插在口袋裡，正在與誰說著話。他脖子上纏著一條方格花紋的圍巾，我記得似乎是我送給他的。在他身旁還有其他的人，他們用充滿遺憾的神情看著我父親，像是知道我父親正在談論著一個死人的事情，卻渾然不知他很快也會成爲眾多死者其中的一員。他也會進入所有死者都會跌入的那座黑暗無底深井，但是那時我父親對此事卻還一無所知，而他周遭的那些人也不願告訴他。照片裡除了我父親還有十一個人站在我父親背後，讓我無可救藥的父親，看來像是剛輸掉冠軍賽的足球隊教練。其中有一個人穿著西裝打領帶，但是其他人都穿著皮製的獵裝。還有一個人圍著看來像是緊到可以勒死他自己的長圍巾。有的人看著地上。我看著照片中的父親，無法了解他到底在那個地方做甚麼。爲什麼要在那個陰冷的下午在墓園裡和他人談話，那樣一個陰冷的下午，生者與死者都應該窩在家裡或墳墓裡。

39

來自二〇〇八年六月二十一日的酢漿草數位報的報導：「阿爾貝爾多．荷西．布爾迪索在世時孤單一人，離開時則有眾人陪伴。因爲有一大群要求伸張正義的群眾陪著他的遺體到達他最後的棲所。在被擠爆的聖羅倫索烈士教堂中爲死者所舉行的祈禱完成後，延伸了好幾條街的送葬隊伍特別改變路線，改道經過酢漿草俱樂部。在俱樂部前聚集的許許多多人以熱烈的掌聲歡迎送葬隊伍。這個場景……在一開始的熱烈掌聲後，羅貝多．毛利諾博士說：『在生時，他盡力而活，總是承受著命運的不公，他離開時也是一樣承受了一切不公不義，因爲在他最後的時刻，最慘的事情發生在他身上。現在在未知的永恆中，阿爾貝爾多終於可以安息了。對我來說，能當他的朋友是件既驕傲又光榮的事。』送葬隊伍之後繼續走到墓園，隊伍中有數百輛車輛跟著走……當送葬隊伍終於到達墓園時，有數百名市民陪著布爾迪索的棺木到他最終的居所。『**恰裘**』．**普隆**在那裏也以溫暖動人的言語，紀念阿莉西亞．布爾迪索，阿爾貝爾多的妹妹……她是在軍政府時期，於一九七六年的六月二十一日在土庫曼省失蹤的。」

40

這就對了，我停了下來，告訴我自己。這就是爲什麼我父親決定要收集這一切資訊，因爲有種對稱性：有個男人失蹤了，而之前有個女人失蹤，他們兩人是兄妹，也許我父親認識她們兄妹倆，卻無法阻止這兩人其中任何一個人的失蹤事件。但是，我父親又怎能阻止他們兩人失蹤呢？他以爲他自己是誰？到底我的父親，那個在我看著這些文件時，正躺在床上慢慢死去的父親，怎會自以爲他的哪一隻手，會有足夠的力量來阻止這兩件失蹤事件呢？

41

「至今只有一名男性被警局飭回。但這並不表示警察不會再傳訊他。現在警方正在全區搜索，被拘捕者均被留置在酢漿草市與裁縫鎮。正在蒐集重要的案情細節。」「布爾迪索有可能是窒息而死嗎？」「我們在接下來的幾個小時中就可以知道了，但是我們尚無法確認（？）」「他是死在井內，或是之前就死了？」「我們要等到解剖結果與法醫報告出來，才能確認。」「遺體被發現時狀況如何？是否有傷口或是被凌虐之跡象？」「遺體上有被凌虐之跡象。未發現彈孔。」「被拘留者互相之間有關係嗎？」「被拘留者之間有關係，有些人關係很密切，有的則是我們推斷他們之間有關連。」「被拘留的人到底是誰？」「總共是五男二女。」以上爲本省之省第十八警隊霍爾黑・戈梅斯分局長與一名記者的訪談內容。（酢漿草數位報，二〇〇八年六月二十三日。）

42

隔天，同一份媒體的標題指出：「布爾迪索之死因爲窒息，且有被殘暴凌虐之跡象。」

「依聖荷爾黑市法官埃拉迪歐，賈西亞裁定，本案調查方向改爲殺人案。法醫報告顯示，布爾迪索頭部曾遭重擊，也許是鈍器所爲。同時遺體也有遭拳頭重擊之跡象。之後他被丟入井內時，仍然一息尚存。」

43

接下來是更多的報紙標題：「酢漿草市，布爾迪索一案拘捕七人」（首都報，歐沙里歐，六月二十五日）、「布爾迪索一案再拘捕一人」（酢漿草數位報，六月二十五日）「讀者們感謝我們對布爾迪索案的報導方式」（酢漿草數位報，六月二十五日）、「警方竭力釐清布爾迪索一案」（酢漿草數位報，六月二十六日）、「群眾將再度至廣場要求正義伸張」（酢漿草數位報，六月二十六日）。還有一篇刊在隔天酢漿草數位報，描述此案從頭到尾的細節的報導，標題是：「布爾迪索被凌虐至死」。

44

「根據解剖結果顯示，這位被殘酷謀殺的酢漿草市居民的死因是窒息。他有六根肋骨被打斷，手臂與肩膀則因掉落井內而骨折。根據筆錄，阿爾貝爾多於六月一號週日早上七點被戴到原野去撿柴，在那裡他遭到毒打，並被丟入之後他被尋獲的那座舊排水井中。在他被丟進井裡前，可能曾有人脅迫他簽下一張買賣契約，但他拒絕照做。根據法醫的檢驗工作以及解剖結果，阿爾貝爾多．布爾迪索在井內曾經恢復意識，但是之後死於窒息，不過尚需確認是因溺水，或是因在井底氧氣不足之故。在此案中，手機有著重要的角色，因為在布爾迪索的遺體被尋獲時，他身邊就有一支手機，而且有可疑的通聯紀錄。」（酢漿草數位報，六月二十七日）

45

如果你注意看這些報導，漠視它們裡面的錯字與詭異的文法，然後想想裡面提到的事件，並接受它們敘述的內容完全屬實的話，那你可以將這些報導濃縮成一個大致有連貫性，說得通的故事：有個人被騙到荒郊野外，然後有人想強迫他簽下合約，同意出售一個未知的所有物；他拒絕了，於是被扔到井裡，然後死在那裏。這故事是如此地單純，如此地殘酷又愚蠢，幾乎可以完美納入舊約中的任何一書：在舊約裡，那些人物不只是活在單純的情感中，更重要的是因此而死去：而在這些情感中，他們看見了一個無法理解，但是還值得被讚美與崇拜的神插手世間一切的痕跡。雖說如此，我們被迫想著這可不是聖經裡的故事，也沒有一個淘氣神祉去編輯牽涉其中的人物的動機；所以看了這些報導，我們必須捫心自問這些事情背後的動機：爲何有人會犯下這樁罪行？爲何一件可以由一個、兩個、或最多三個人犯下的殺人案，卻有這麼多人涉入？這麼多人可以塞得進帶布爾迪索去撿柴火的那輛車裡嗎？爲什麼他會被殺？爲了他住的那棟房子的所有權，那棟酢漿草數位報的無名編輯筆下毫無特別之處的房子？再怎麼說，小城的環境清苦樸素，那棟房子一點也不豪華出色啊？是爲了錢嗎？那筆足夠讓殺他的人，在衡量行動的優缺點後，即使餘生都得在監獄中，還決定動手的鉅款，到底是從哪裡來的呢？一個在遙遠外省小城裡運動俱樂部工作的清潔工，又要怎樣拿到這一大筆錢呢？如果說如一開始的資訊顯示，布爾迪索所在的那口井是乾的，又怎能解釋他會在裡面窒息呢？爲什麼布爾迪索不用那支就在他遺體旁被尋獲的手機求救呢？手機裡那幾通可疑的通聯紀錄又是打給誰的呢？是打給布爾迪索他本人的，或是打給殺他的兇手的？

那幾通電話是在他被丟進井裡之前或之後打的呢？而再一次，有誰會想要謀殺一個比老鼠更可憐的福克納式傻子，在一個只要他一失蹤，就會立刻被發覺的小城鎮？在一個很多人會知悉布爾迪索原來是個怎麼樣的人，做過甚麼事，以及在他最後的時刻，誰在他身邊的小鎮？

46

我快速地看了一下在六月二十七日，歐沙里歐首都報記者克勞里歐・貝隆的一篇報導。在報導中，他回答了（在可以回答的範圍內）前述問題的其中幾個：「在持續三週的密切調查後，酢漿草市市民阿爾貝爾多・布爾迪索的案子終於被釐清。琪賽拉・哥多瓦、其兄嘎百利・哥多瓦、胡安・哈克與馬爾可・布羅切羅等四人現因殺人罪遭到司法單位起訴。根據法院消息來源，其犯案動機可能是因爲布爾迪索曾被脅迫簽下文件，將其所居住之房屋轉讓給哥多瓦名下，但是他拒簽因此引來殺機。在推測不同的可能性之後，負責本案的埃拉迪歐・賈西亞法官決定起訴四名嫌犯，協同調查的還有省第十八警隊的霍爾黑・戈梅斯分局長，他動員了聖達菲省與羅沙里歐的鑑識組、參與搜尋遺體的警犬隊、以及特警隊。琪賽拉・哥多瓦似乎與胡安・哈克間有男女關係，但是據說她也是布爾迪索的女友。琪賽拉・哥多瓦似乎與哈克一起將受害者騙至之後遺體被尋獲的那口井。之後可能是由琪賽拉・哥多瓦的正式配偶布羅切羅，負責棄置及隱藏屍體⋯⋯

阿爾貝爾多・荷西・布爾迪索的失蹤案，從一開始就震撼了本市。六月二日他未去上班，他的提款卡也在國家銀行的提款機內被發現，據悉是在前一個週六就被機器給「吃掉」了⋯⋯同時，根據在他失蹤期間，許多證人的說法，他的錢都花在他身旁那些來來去去的女性身上⋯⋯對他的失蹤的擔憂與種種猜測⋯群眾民怨高漲，導致在六月十六日星期一，在其失蹤十五天之後，舉辦了第一次抗議遊行，以要求調查案情到底，以及盡快確認布爾迪索的下落。在遊行中，將近一千人簽署了一份請願書，請求賈西亞法官勿將此案當成純粹人口失蹤案調查。

遺體終於在本月二十日被尋獲。屍體是在市區東北方約七公里處，一棟荒廢住宅的廢水井內。在一隊義消搜尋了三個小時後，於上午十時，在現已乾涸的一座水井底發現了一具已嚴重腐爛的屍首。正如首都報於二十一日所報導，屍體上遭人以瓦礫、鐵皮與枯枝所覆蓋，因此相關單位排除了自殺或意外的可能性。

調查人員在接獲一名獵人的電話後抵達事發現場。這位獵人在前一天曾報案，提及在水井附近聞到很強烈的臭味。當相關人員使用三角架與滑輪，將遺體由井中拉出來時，他們確認屍體身上穿著一件運動俱樂部的襯衫。遺體的某些特徵，如胸口的一道長疤，使相關人員假設它就是失蹤者的屍體。但是一直到翌日遺體經解剖後，才得以確認這就是布爾迪索的屍體……斷定了受害者有窒息初期之症狀，且頭部曾遭重擊，但是他是在水井中斷氣的。

布爾迪索的遺體於上週日下葬。陪伴著遺體的送葬隊伍綿延二十個街區，隊伍並特地繞經其生前工作的俱樂部。葬禮於週日下午舉行。在葬禮之前，於聖羅倫索烈士教堂舉行了爲死者祈福的祈禱儀式。

稍後警方立即發布拘捕相關嫌疑犯的消息。在星期三，已經有八名嫌疑犯遭羈押。但是最後只有四人遭司法體系起訴……認識布爾迪索的人描述，他是個離群索居、單純天眞的人，他相信所有嫌疑犯琪賽拉·哥多瓦告訴他的花言巧語。甚至連被起訴，出生於羅斯金山谷的馬爾可·布羅切羅，也就是琪賽拉·哥多瓦的丈夫，布爾迪索也一直以爲他是琪賽拉·哥多瓦的兄長。」

47

在他的文件夾中，我父親特別用螢光黃把這篇報導的影本裡其中一段標明起來。我剛剛在看這篇文章時，把這一段給跳了過去。而我的父親，他是個比我還要來得好得太多的記者——他是之後教導我的那些記者們的導師，他以一種幾乎是前工業時代的學習過程來教導學生，從格式到內容，都與大學裡面那些老師教給我們的蠢事完全不同。這樣的教學方式把父親與我，不由自主地結合在一種傳統裡，新聞學中一個強調規範與意志，但是節節敗退的古老學派中。他曾指出：「布爾迪索身旁圍繞著一群邊緣人，其中很多人都有犯罪前科……他六十歲，獨自一人住在河流省街四百號的住家裡，離俱樂部四個街區。他沒有直系親屬，因爲他的妹妹早在軍政府獨裁時期就失蹤了。因爲喪失了這個親人……他在兩年前獲得國家賠償金二十四萬披索（約值五萬六千美元）。他用這筆錢買了一棟房子，也就是嫌疑犯等人想奪取的房子。另外他還買了一部汽車、一部機車與其他的動產。」

48

「在二○○○年代初，分佈在第十三號公路旁的城鎮對有些人來說是通往失樂園的大門。妓院、賭場、深夜與性；各種價位應有盡有。整夜燈火通明的酒吧與各式各樣的犯罪。根據我們的消息來源顯示，直到兩年前當地的狀況都還是如此。當地最多曾有約四十間的妓院，許多人由巴西與巴拉圭的偏遠鄉鎮走私女性至此。甚至還有許多女性在法庭上訴說當時她們如何到歐洲去賣淫。

米莉安．卡里索是一間營收來源頗爲可疑的酒吧老闆。在二○○五年，她在當地認識了阿爾貝爾多．布爾迪索，並與他展開了一段持續約兩年的關係。而在另外一方面，琪賽拉．哥多瓦（二十八歲），是布爾迪索在結束與卡里索的關係後交往的對象。她與當地犯罪集團有關連，並在酢漿草市曾有過票據詐欺的犯罪前科。其他被起訴者與夜間犯罪有關。他們是一間通宵酒吧的常客。根據調查人員的報告，這間酒吧是這些犯罪網路的「尾巴」。這些犯罪集團早已消失，但是在當地留下許多作奸犯科卻逍遙法外的傳奇人物。」（克勞里歐．貝隆於歐沙里歐之首都報上所刊出的案情背景描述，六月二十九日）

49

「一間房子，一筆很矛盾地，並未帶來好運的鉅款，與一種巨大的孤獨，讓阿爾貝爾多．布爾迪索送了老命……他在六月的第一個星期日被殺。據說一名風塵女子想將他的房子據爲己有，爲此她說服另外兩名男性與其他人，必須讓布爾迪索消失，讓人永遠找不到他……距離只有一萬三千名居民的酢漿草市週遭廣大的土地旁幾公尺處，有間白色的新房子。這是布爾迪索的住處。他是個離群索居的人，現年六十歲。根據某些認識他的人所言，他直到五十七歲都還是孤家寡人一個。在二〇〇五年，因爲他妹妹的失蹤，他領到了超過二十萬披索的賠償金。那筆錢毀了他。

根據羅貝多．毛利諾的說法，布爾迪索不擅社交，離群索居，但是舉止正常。『他總是一個人走，而且只往南邊走。我們常常一起聊天。他讀完小學後，就在酢漿草市俱樂部工作。他用他拿到的那筆錢在羅沙里歐買了棟房子，在這裡也買了一棟，還有一輛中古車。他是個單純的人。』毛利諾這樣說。領錢時，布爾迪索認識了一位女士，也就是米莉安．卡里索。布爾迪索買了一棟房子，登記在兩人名下，還送給她一輛車。根據布爾迪索的同事所言，他還支付了米莉安．卡里索女兒生日派對的相關費用，因爲他與卡里索的女兒情同父女。『布爾迪這個人就是這樣瘋狂。他老是說每個人的命要怎麼用都是看自己。只要他想跟你講話，就會說一堆。他不會去煩別人。他被騙去借了很多錢，所以他的薪資都被扣押住了。我們聽到他的消息之後哭了很久，他周遭都是些爛人。我們不知道他們到底爲甚麼要殺他，因爲就連他的提款卡都由他們控管了。』布爾迪索在俱樂部的同事們這樣說。

長久以來，沿著十三號公路形成了一個賣淫者與社會邊緣人聚集的聚落。在酢漿草市、聖賀爾黑與裁縫鎮與其他聖馬丁縣的城鎮裡，將近有四十家左右的妓院。『這件事也是其中的一部分，一群社會邊緣人故事的最後一幕。』調查人員透露……布爾迪索與卡里索兩人分手後，旋即又認識了琪賽拉．哥多瓦，一名在殘酷生活中成長並飽受摧殘的女性。琪賽拉．哥多瓦有三個孩子，並與她名義上的丈夫馬爾可．布羅切羅居住在一起，但是她似乎有兩個『男友』，也就是布爾迪索與另一名六十四歲的男子，胡安．哈克。胡安．哈克與琪賽拉．哥多瓦是在她夜間工作的場合認識的。經過調查，犯案的動機得以確定。『經過偵訊總數爲八名的被告之後，我們以殺人嫌疑犯的名義，拘留了琪賽拉．哥多瓦、胡安．哈克、馬爾可．布羅切羅與嘎百利．哥多瓦等四人』。本案案由乃因布爾迪索與米莉安．卡里索共有一棟房子。約四十餘歲的米莉安．卡里索與後來另一個男人結婚，但是布爾迪索仍住在該棟房屋中。琪賽拉．哥多瓦得知此事後，想說服布爾迪索將房屋之產權轉移至琪賽拉．哥多瓦名下，布爾迪索得以保留房屋使用權。必須在布爾迪索死後，琪賽拉．哥多瓦方能占用房屋，或是賣掉產權。

嫌犯們將布爾迪索帶至一片荒地，欲強迫他簽署文件，轉移房屋使用權。在案發前幾天，琪賽拉．哥多瓦曾向多名律師諮詢如果布爾迪索失蹤的話，要如何處置其房產。更有甚者，據說她已經先告知他人，房子可以出租了……在他身故之後，布爾迪索得以讓大家有機會在他工作的俱樂部門口向他道別致意。在俱樂部的辦公室裡有封給他的信：『我要告訴你

『娘髮』他幫你把腳踏車收好了，大家都想你，而安娜哭個不停。你的狗一直在找你，一直哀嚎。」信尾由勞拉．毛利諾所簽名。（克勞里歐．貝隆於歐沙里歐之首都報上之報導，六月二十九日）

50

和這篇報導一同刊出的照片裡，有一張照片中有一棟矮矮的房子，坐落在一小片草坪後。草坪前面是一條未鋪柏油，也沒有挖設下水道的街道。房子門口有一扇左右開的大窗戶，以及許多小窗戶。門口的屋頂則由一根看起來很脆弱的柱子所支撐著。房子前面有一道樹籬，但是看起來似乎已經乾枯了。房子門戶緊閉，看起來有點像一張被棄置在空地上，四腳朝天的長椅背靠椅，在這塊沒人會來居住的空地上。布爾迪索就是爲了這棟房子而被殺。

51

我把視線從文件夾上移開，凝視著我父親建造的這棟房子的庭院，然後想著他在布爾迪索的葬禮上說了些甚麼？當布爾迪索的屍首在那口井裡被尋獲時，我父親也是否在場？關於此案，關於這個我一直以爲像是田園詩般寧靜的小鎮，是否有甚麼汙穢悲戚，不堪回首的背景，是我父親知道，或是可能知道，而我卻永遠也無從得悉的？在我眼前的這個院子裡，我曾經玩過許多我已不復記憶的遊戲；這些遊戲來自我所閱讀過的書、看過的電影，特別是方才在我眼前成形，一段哀戚恐懼的時光。雖然我曾服用過那麼多藥丸，雖然我有那麼長的後天性失憶，雖然我曾經嘗試著在那段時期與我自己之間拉開那麼長的距離。那篇報導說相關人員動用了三角架與滑輪，才得以把布爾迪索的遺體從井裡拉上來。我自問我父親當時是否在場，他是否看見曾是他友人的兄長的那具屍體，像塊牛肉般掛在鉤子上，在公認已發出腐臭的小城的空氣中晃動著。我也自問著是否這個故事到此結束了，而我不會再看見關於謀殺了布爾迪索的那些人的消息，而這故事與我父親的故事所構成的對稱感是否已經不再，兩個故事敘述的主線開始分道揚鑣，消失於時空之中；也因爲我們都知道時空是無限大的，所以這兩條線會在某個點再次相遇。我自問是否我的父親能在一張醫院的病床上想到這些事情；那張病床對我來說遙不可及，但是對於過去來說卻並非如此；簡單說來，它就是過去的一部分。

52

「星期日大約有兩百名市民自動自發地聚集在酢漿草市的聖馬丁廣場上，要求盡快對謀殺了布爾迪索的嫌犯們判刑。在活動現場，羅貝多．毛利諾博士向群眾解釋四名被羈押嫌犯的狀況，以及本案的最新發展：『本案尚未結案。現在有四個人被羈押，不得離開監獄。他們不得交保，須在獄中等候審判。審判之後會在聖達菲省展開，屆時會確認是否判刑或是當庭釋放。四名被羈押的嫌犯中，有三個人以預謀殺人罪起訴，因為他們事先策劃本案，同時集體犯下罪行，第四個人則是以殺人共犯罪起訴，可判刑十五至二十年。而前述三人最高可被判處無期徒刑……其他已經被釋放的疑犯，則是被控知情不報，也就是說他們知道犯案事實，但卻未通報當局。我不知道他們的姓名。他們的罪名不須入獄服刑，法官也決定釋放他們……被羈押的四人已認罪。我們現在尋求有人願意以本市、市民團體或俱樂部的名義，出面擔任原告，以參與審判過程。這樣的做法至今仍未被法律認可，只有五月廣場母親[13]們曾經有一次成功控告過一名軍政府時期的刑求者。重點是我們必須監督聖達菲省刑事法庭的審判過程。』」（酢漿草數位報，六月三十日）

13 Las Madres de Plaza de Mayo，由在阿根廷軍政府獨裁時期失蹤者家屬所自行組成的著名抗議與壓力團體，因每週固定聚集在阿根廷總統府前之五月廣場，抗議當年軍政府時期失蹤與政治謀殺事件尚未真相大白而得名。

53

在報導最後有張照片。照片裡有群人圍繞著一位手中拿著麥克風，背對著攝影師的老人。在照片左邊的人群裡，有個依我看來，應該是我父親的人。

54

接下來在文件夾裡有兩封酢漿草數位報上刊出的讀者投書。有一封是由一個姓比昂其尼的女性所署名，另一封則是一個十歲的小女孩寫的。一個禮拜之後，報紙刊出了一篇報導，提到有約四十二名群眾遊行，要求盡快對兇手們判刑。在接下來的照片裡，我好像認出了我父親。之後是一份我至今尚未看過的媒體「資訊報」的頭版影本。在這篇報導中，有張兩個警察將一個用夾克蒙住頭臉的男人帶下車的照片。「兇手可能被判無期徒刑」出現在頭版的標題如此寫著，報紙的最下方則有小標題：「前所未聞的故事：阿爾貝爾多．布爾迪索究竟是誰？爲何他會被殺害？他的悲慘結局全紀錄。他妹妹的故事。預言他會被尋獲的女算命師。」。

55

下一篇由法蘭西斯柯・迪亞斯・德・阿西維多所署名的報導，描述了整個事件的來龍去脈，報導中腥羶色的細節繁多，不必要的標點符號遍地開花，多到像朵臭不可當的花。文章局部摘錄如下：「多年前他以自己與他前姘頭共同名義所買下，位於河流省街438號的那棟房子，他之後被趕出房子，獨自一人住在一個車庫裡，被社會所遺棄。

從數年前開始，另一個女人拿走他全部的薪資，以暫時陪伴他作爲交換；最後甚至讓他陷入好幾場爭風吃醋的爭吵中。事實上，阿爾貝爾多已經三個月不曾光顧這名新「伴侶」的家門了，因爲他曾與這個女人的姘頭發生打鬥，兩人以拳頭互毆，警方檔案中也留下了此案之紀錄。因此這個女人會到布爾迪索家中「拜訪」。

關於阿爾貝爾多的經濟狀況，他在二〇〇六年，因他的妹妹在軍政府時期死亡所領到的錢（二十二萬美元），已經完全一無所剩。

與道聽塗說或是一般猜測的不同，在三十一日當天下午，阿爾貝爾多・布爾迪索從國家銀行的提款機中，取出所有薪資，因爲在五月最後一個工作日，酢漿草俱樂部已經將他的薪水匯入帳戶。之後他的提款卡被留在銀行裡，但是無人知道他拿著那筆薪資去了那裡，因爲他再也沒出現。翌日，早上約七點時，一名男性與一位女性開車至布爾迪索位於河流省街的住處，帶他去市郊的一片空地尋找柴薪。當他們到了廢屋時，與『布爾迪』同行的這兩個人企圖強迫他簽下一些與他的住宅相關的文件。布爾迪索抵抗不從，因此被丟進一口約十公尺深的乾涸水井內。

被丟入井內時，受害者因撞擊力斷了六根肋骨與一條手臂，肩骨也碎了，但是他那時仍然活著，留在井裡。當天下午，在井裡的布爾迪索身上的手機，收到了跟他一起去該地，且有露水姻緣的那名女性之親人的電話。這幾通電話是爲了要確認他是否還活著。

翌日，將布爾迪索丟到井裡的那名女性的姘頭再次回到現場，他敲倒井邊的圍牆，將瓦礫與附近的鐵皮及樹幹一起扔進井內，覆蓋住布爾迪索。自此之後，布爾迪索才因窒息與重壓而死。也就是說，『布爾迪』，在井中存活了至少二十四小時，之後才被瓦礫給壓死。

之後有關單位對布爾迪索的失蹤所展開，長達二十天的搜尋無功而返。直到有一天，有情資送至市警局，指出布爾迪索可能被扔到鄉間的一口井裡……這位人士指出三個可能的棄屍地點，並陪同警方人員至三處搜尋，直到發現當地有一口井（即發現屍體處）的外型，與這位『撿柴工人』最後一次看到時有所不同。一眼即可看出井邊的圍牆倒塌。消防員哈維爾．貝爾加瑪斯可，從井內發現有一具已嚴重腐敗的遺體。帕布羅．坎蒂斯博士在發現地點進行初步鑑定，之後在酢漿草市市立殯儀館裡，布爾迪索的同事與朋友，藉著他腹部獨特的疤痕認出了布爾迪索。法醫解剖結果顯示布爾迪索在被丟棄於井裡之前，眼部與耳後曾被拳頭毆打過。

在尋獲屍首後，警方自動進行了一連串的拘捕行動，然後，在做了一週的筆錄之後，下列人士即將被審判：一名名爲琪賽拉·C的女性，二十七歲，有詐欺前科；胡安·H，六十三歲，無前科；馬爾可·B，三十一歲，有毒品前科，爲琪賽拉·C的姘頭；嘎百利·C，三十四歲，爲琪賽拉·C的哥哥，有偷竊前科……」

56

看到這邊，我又回頭翻翻之前的報導，然後打開父親用過的那張地圖。不過我不知道要如何找出那些他在地圖上註明他去過的鄉下房子，哪一間才是這件兇殺案的案發現場；我也不知道那個通知警方的人是否就是我父親。我在父親書桌上找到一張小小的空白紙片，然後在上面記下：「我的父親是否就是那個去向警方通風報信的撿柴火的人—根據其他故事版本，是獵人—？」然後我凝視著我剛剛寫下的字句。許久之後我把紙片翻了過來，才發現那是一張放大照片加洗的收據，但是在文件夾裡並沒有這些照片，而是（當時我並不知道這件事，所以現在我應該裝作我根本不知道）放在書桌上另一堆的文件夾裡。我之後幾天會一而再，再而三地回到這張書桌前，繼續發掘與案情相關的東西。

57

「您在酢漿草市住多久了？『二十幾年吧。』

您從事那方面的工作？『我隸屬於一個靈學中心。我正在加強我的心靈能力。』

您能預知未來嗎？『我能力還不到哪裡。』

您是女巫嗎？『不是。』

大家會叫您女巫嗎？『那算是暱稱，像是女巫啦、小巫婆、歐巴桑。』

您以此爲生嗎？『到現在爲止，沒錯。』

請把您的能力解釋給我聽。『我專注在幫忙需要我的能力的人。我專注在健康、工作與感情的事情上。』

您怎麼會遇上布爾迪索的案子？『我想要測試自己。我想知道我的極限在那裡，能力有多大。』

您看見了甚麼？『我現在仔細地解釋一下，他消失後的第一個星期一，我看見他還活著。那是在星期一。接下來的幾天，在我面前展現的就有些不確定。他可能是生也可能是死，我看到的東西都起伏不定。之後我感受到他已經過世了。他可能是在某個有死水的地方，地下室、下水道、水溝之類的地方。我很確定，但是搜救人員都去找墓園，而我感覺得到他不在那裡。』

當案情眞相大白時，您覺得如何？『我覺得有股非常大的無力感，因爲這是一個小城市。有一股很忿忿不平的感覺……因爲我無法幫助那個當他盡力要告訴我的時候，還活著的那個人。我不知道這算堅強的力量還是膽小，因爲我當時沒出面，沒有現身，沒有以我自己的眞實身分現身，出來幫忙。』

您是怎麼看到這些事情的？『用文字。我都叫它是美美法，是透過手指的指心。我會慢慢地刻劃，然後看著那個人的內心，但是我從不讓對方直接告訴我他的事情。我會自己試著解讀出來……』

58

「阿爾貝爾多的母親在他還很小的時候就過世了，他從來沒跟他母親說過話。我想他也不記得她了吧。他的父親在他十五歲時就缺席了，那時候『布爾迪』就已經開始做些長工或是泥水匠的工作了。他生活在孤獨、窮困與單純之中，我們必須把他列爲那些生活在祖國最底層的人們其中之一。他們寂靜地活著，想盡辦法在這個極端複雜的社會裡存活下去。在一九七〇年代末時，他跟我談到他妹妹的問題，於是我陪他到土庫曼省，但是很可惜地，我們兩手空空地回來。那筆錢（國家支付給軍政府時期失蹤者家屬的賠償金）反而讓他失去了一切，不管在哪一方面來說都是如此。毫無疑問的是，他的一生好比一段苦難之路：沒有母親的童年、父親在他青少年期過世、之後他在世上所剩的唯一一個最愛的親人，他的妹妹，也被獨裁的軍政府給謀殺了；而當他經濟狀況得以改變，終於可以享受生命時，他卻失去了一切，甚至還包括他自己的生命。『布爾迪』若將那筆錢存入俱樂部的互助基金裡，光靠那筆錢每月的利息就可以過日子。但是我們建議他去買棟房子，我們覺得那是用這筆錢投資最好的方法，而且他可以有自己的資本，自己的財產，一個住的地方。可能啦，如果我們做了不一樣的選擇，也許這件事情不會發生。」羅貝多·毛利諾，阿爾貝爾多·布爾迪索的童年好友，對資訊報的發言。（酢漿草數位報，二〇〇八年七月。）

59

接下來，在我父親的文件夾裡，有一張標題只寫著「芳妮」兩字的紙，上面沒有註明任何日期：「誠徵一位民眾擔任大眾原告之角色，以推動刑事法庭盡快審理案件。這應爲檢察官之職責，但大眾原告可保證檢察官不讓案件沉睡於檔案櫃中。我們曾嘗試勸說布爾迪索在酢漿草市的幾位表親擔任此職務，但是他們不願作出承諾。大眾原告將由一位聖達菲省律師協助（本案在聖達菲省宣判），他是前省長路西安諾．摩利納斯的孫兒，也是HIJOS組織（『爲了身分與正義，對抗遺忘與沉默的孩子們』組織的縮寫。這是個由在阿根廷軍政府時期失蹤者的孩子們所組成的組織）的成員。這位律師對此議題有許多經驗，而且也答允只收取最低的律師費用。這筆費用還需再加上法院手續費（從那裡拿到這筆錢還得談談）。在此同時，還必須面對在河流省街那棟房子的產權繼承問題，因爲它還有一半未分割的產權登記在阿爾貝爾多名下。」

60

接下來有一篇八月一日歐沙里歐市的「市民與本區報」上刊出的文章，標題是「犯案的陰謀」。我連文章的第一行都不需看，就知道那是我父親所寫的。其中有一段是這樣寫的：「根據司法調查，這一對男女花了一年半的時間策劃與執行這個邪惡的計畫。受害的死者是阿爾貝爾多．布爾迪索，一位住在酢漿草市的六十歲男子。他收到了一筆高達二十萬美元的賠償金。男子與小他三十三歲的琪賽拉．哥多瓦之間有男女感情關係，並逐漸將其財產過戶給她，這些財產包括：男子房屋的一半產權（另一半由其前妻所擁有）、房屋中的家具、一輛汽車與其大部分的每月薪資。甚至於他自己搬到一間車庫去住，而將他的住宅交由這位年輕女子（女子則在布爾迪索被推入井內的當天，就將該棟房屋出租。布爾迪索死前在井內掙扎了三天。），正好就在男子得悉女子所謂的『哥哥』，事實上是她的丈夫時。在此同時，女子又另結一名六十三歲的新歡。這名男子也涉入布爾迪索的兇殺案中。殺人的動機則是因女子假設布爾迪索有一份該女子爲受益人的壽險保單。」另一篇歐沙里歐的首都報於同一日刊出的文章的標題是「酢漿草市：開始審判布爾迪索案的兇手，逐步釐清案情眞相」，標題下由路易斯．艾米利歐．伯朗可署名。這篇文章沒提供更多的資訊，但是有一些資料卻不太一樣：在這篇文章中，布爾迪索的年齡是六十一歲，而非六十歲；馬爾可．布羅切羅是三十二歲，而非三十一歲；胡安．哈克爲六十一歲，而不是六十三歲。屍體被尋獲所在地的那間鄉下廢棄房子，是位在離市區八公里外，而非九公里處——在隔天刊登在聖達菲省的「海岸線報」的報導中，距離縮減到六公里——。在這篇報導裡，把布爾迪索丟進井裡的是琪賽拉‧哥多瓦，而非胡安‧哈克；井深是十二公尺，而不是十公尺；布爾迪索摔斷了五根肋骨，而不是六根；他摔斷了兩邊的肩骨，而不是如前面報導所敘述一邊的肩骨和一條手臂。不過這些都還只是小細節而已。比較有趣的是據說哥多瓦曾要求胡克「把那傢伙從井裡拉出來，丟在別的地方，讓大家能確認他已經死了。」，如此她才能去領她自以爲受益人是她自己的那份壽險。哈克拒絕了她的要求。這篇報導裡面還補充了解剖後才發現的資訊：「相關資料來源提及，解剖檢驗發現遺體的口腔與呼吸道中有土石，也就是說，死者生前被埋在瓦礫堆下時，仍試圖呼吸。」

61

不管到底是布羅切羅（根據有些說法，當天早上他人留在酢漿草市）、哥多瓦或哈克（他堅持他也是受害者之一）這三人中的哪一個人把布爾迪索丟進井裡的，其實並不重要；布羅切羅在三天後又回到案發現場，把磚塊、瓦礫與枯葉丟進井裡蓋住傷者，致他於死地這件事也不重要。老實說，這些犯人之後的命運，或是哥多瓦在聖達菲省女子監獄中，及布羅切羅與哈克兩人在哥榮達監獄裡的際遇，也都不值一提。這件罪行與所有的罪行一樣，都有個人、私領域的一面，但是也有社會性的一面：前者只與受害者及他們的家屬有關，但是後者會影響我們所有人：所以才需要有一個司法體系可以爲我們所用，以一個集合體的名義介入；這個集合體的規範遭到個人罪行的質疑，因爲私領域受的傷害無法回復，因此它應盡力遏止罪行在社會領域所造成的影響。而制裁的力量至少在理論上不是出於一個單獨的個體或是一個社會階級，而是一個集合體，一個雖然受到了傷害，但是仍然能夠屹立不倒的集合體。

62

如果說還有甚麼我想知道的事的話，那就是到底「芳妮」是誰？爲何我父親會寫，下來，向她報告這件案子在司法體系裡的進度與狀況？還有爲何是我父親該做這件事，而不是其他任何一個人？

63

父親文件夾裡那些後續的文件，是以某種我無法辨識的大綱，這樣的模式記錄，其中出現了幾個姓「卡里索」的人名。其中包括了米莉安，布爾迪索的同居人。他送給了米莉安他住宅百分之五十的產權。在這些文件裡，有相關細節的記載，包括了身分證字號，以及那位女士與布爾迪索兩人的稅務編號。接下來是一份聖達菲省地政事務部所發出的證件影本。在其中標明了阿爾貝爾多·布爾迪索買下位於河流省街的那棟房屋，並註明房屋購得日期是二〇〇五年十一月十六日。布爾迪索是向涅爾索·卡洛斯·奇瑞由與歐爾加·羅莎·卡碧塔尼·德·奇瑞由這兩名老人買下這棟房子。在證件上還有其他的資料：布爾迪索的出生日期：一九四八年二月一日；他母親的姓：柔洛第；他的婚姻狀況：單身；他的身分證號碼：6309907；以及他先前的住址：酢漿草市，河間省街與由貝特巷。上面也註明了他買下的住宅的大小：307.20平方公尺，和他所支付的金額：現金二十五萬披索。公證這棟房屋的交易的代書叫做里卡多·洛培斯·德·拉·托瑞。

64

這看起來就像是我父親想把這整個案子分解成一小撮毫無重要性的資料一般；一堆代書文件、技術性的描述與官方紀錄；這些資料堆積起來，讓他暫時遺忘所有資料的總和都導向一件悲劇性的事實：一個人的失蹤與他之後死在一口廢井中的事實。這會讓他想起這個人的死亡，與他妹妹的死亡間的對稱性；同時還會衍生出另一種對稱性；同樣地超出我們意志所能控制的範疇，我父親永遠不會知道的對稱性：我的父親嘗試著要協尋布爾迪索，而我則嘗試著要尋找、探索父親最後的思緒，在已發生的一切發生之前的思緒。

65

「茲販賣給阿爾貝爾多．荷西．布爾迪索先生與米莉安．埃米莉亞．卡里索女士，兩人共享並共有：一片位於聖馬丁縣酢漿草市，構成官方地圖第七十八街區之土地及其地上所有物，包含固定、種植或黏合在土地上者，以及建築物本體。相關地圖於二〇〇〇年二月十八日，被登記於地政局案號130355，我在此追加註記，前述地坪被登記為六號區塊，它位於為公共道路所分隔之街區北邊，在街區西北角往東之二十四公尺八十公分處，地坪相關細節為：朝北面長拾貳公尺捌拾公分，朝南面亦同；東西面各長貳拾肆公尺；亦即共三百零七平方公尺二十平方公分。四周鄰接：北面接河流省街，西鄰五號區塊，東鄰七號區塊，南接十一號區塊，以上均在同一張地政測量圖上。」

66

「酢漿草市，二〇〇八年六月九日，時間十時三十分。

事由：於本頁上緣前述時間，一位女性出現於本警察分局，欲申請一份民事文件，立即由本局人員承辦。之後由本局收集其姓名與其他個人相關資料。女子自稱其姓名為：米莉安‧埃米莉亞‧卡里索，阿根廷人，曾受教育，單身，有工作，其身分證號碼為……住址在本市郊區。有能力申請此文件，並宣稱『其為位於河流省街438號之房屋共同產權持有人，與阿爾貝爾多‧荷西‧布爾迪索先生共有此房屋之產權，而在此人失蹤之情況下，因應法院之建議，茲請求更換前述住宅之門鎖，以預防房屋可能遭到非法占用。以上。其提出相關申請，以透過法律證明，避免遭誤判為放棄住居，是因前述狀況被迫申請之手段。以上所有陳述為我本人所欲陳述之內容，並無任何需再追加、刪減或更動之處。』以上終結下列簽名者已在本仁A面前讀過並確認過，並經我證明之相關申請。

簽名：米莉安‧埃米莉亞‧卡里索（申請人）

經辦人（S‧G‧）：瑪麗亞‧羅莎‧菲諾斯，經辦警員

證明：本證件為編號第十二冊之現存文件正本之影本無誤。」

67

我父親在接下來的一頁紙上，畫下了布爾迪索的家系圖，上面除了阿爾貝爾多與阿莉西亞的出生與死亡日期，並沒寫上其他家族成員的相關日期。而在阿莉西亞的名字下，她的死亡日期只填了一個問號。

69

在一張照片的橢圓型肖像裡，有個打領結的男人，留著尼采式的小鬍子，旁邊的墓碑寫著：「霍爾黑・布爾迪索† 一九二八年二月十九日，七十二歲，家屬永緬懷。」另外一張上面則寫著：「瑪格莉塔・G・德・布爾迪索，一九三三年三月三十一日，六十八歲。家屬永緬懷。」一張墓龕的相片上面有一行字：「布爾迪索家族」。當我看見這張照片時，我不禁訝異得跳了起來：我看過這個墓龕。在我小時候，當大人不在身邊時，我會與朋友們到墓園裡去玩抓迷藏。那時我曾經藏在這座墓龕，以及其他類似的墓龕後面。

70

一頁電話簿的影本上註記著一連串姓「帕耶斯」的人的資料，以及一間叫做「芳妮」的香水店。

71

文件夾的最後一頁上面的標題是「阿爾貝爾多．荷西．布爾迪索葬禮上致詞」，下面註記著「酢漿草市墓園，二〇〇八年六月二十一日」。總之，那是我父親在布爾迪索葬禮上的致詞內容：

「各位鄰居與好友們，在大家的發言之後，我很難再多補充些甚麼。各位對阿爾貝爾多一定比我了解得更加清楚，因爲我只跟他在小學裡共處了幾個月的時光。

但是我覺得我必須跟他、跟大家一起來到這裡，以代表一些今天無法出席的人。今天整個城鎮的人應該都會出席，因爲我想大家從阿爾貝爾多這個人身上所獲得的只有善意。而的確也有很多人來了。那些因爲生命的殘酷而先走一步的人不在現場，像是他的父母親與撫養他長大的阿姨。那些漠不關心的人不在這裡，那些整天看著自己肚臍，對與自己利益無關的事毫無感覺的人不在這裡。還有一個人沒辦法在這裡。她不在任何一個地方，卻又無所不在，她等待著眞相，訴求著正義公理、要求各位記得一切。

那個人就是阿莉西亞，阿爾貝爾多的妹妹。她雖然比阿爾貝爾多年紀來得小，但是卻在兩人變成孤兒時，像大姊一樣照顧阿爾貝爾多。

但是阿莉西亞從三十一年前就不在了。正好就在三十一年前的今天，一九七七年六月二十一日，她在土庫曼省被最後的軍民共同獨裁政府，也就是最殘酷的那個獨裁政權，他們的殺手們給『失蹤』掉了。

阿莉西亞之所以被綁架與『失蹤』掉，是因爲她屬於必須奮戰，把自由奪回歸還給祖國的一代。爲了讓像阿爾貝爾多與我們所有人一樣的人們可以活在一個沒有恐懼，可以暢所欲言的世界裡。如果沒有像阿莉西亞那樣的青年們，今天我們無法大聲說出我們的想法，依照我們認爲該做事的方法來做事，或是選擇我們的命運。例如說我們根本無法像先前一樣到廣場遊行，要求盡快找出阿爾貝爾多的下落；也無法像最近這幾天一樣遊行，表達我們想要怎麼樣的一個國家，無需擔心會被綁走，消失在人間。

今天我們向阿爾貝爾多道別，因爲我們無法向阿莉西亞道別。因此，當大家爲了阿爾貝爾多要求正義公理時，請記得也爲了阿莉西亞要求同樣的待遇。願主接納他們兩人，讓他們成爲祂選民的一份子。」

72

在剛才那一頁後面有張白紙，再來就只有文件夾的發黃紙板那凹凸不平的表面。文件夾打開了一陣子，之後被一隻手給闔了起來。雖然我心思完全沒放在那上面，但是那隻手是我的，手上覆滿了深淺不一的皺紋，像是破壞與死亡通過的那些鄉間道路般的皺紋。

III

父母們是子女們用來磨利牙齒的骨頭。

——胡安・多明哥・裴隆

1

有一次，遠在這一切發生之前，母親曾送給我一副拼圖。她看著我，我則是急急忙忙地開始拼起來。把它拼好不可能花我太多時間，因爲那副拼圖是給小孩玩的拼圖，也沒有幾片，大概不超過五十片吧。當我拼好時，我拿去給我父親看，帶著稚氣的驕傲。但是我的父親搖搖頭，說這太簡單了，然後要我把拼好的拼圖拿給他。我拿給他之後，他開始把拼圖切成小小的碎片，完全看不出圖案。他一直切著，直到把原來拼圖的每一片零片都切成小碎片爲止。然後他跟我說：現在再把拼圖拼好。可是我再也沒辦法把那副拼圖拼回去了。在那之前幾年，當我更小的時候，我父親未曾破壞過我的拼圖，而是幫我作了一個拼圖。那是用木頭作的，有著長方形、正方形、三角形與圓形等各種形狀的木塊。之後他幫我塗上了顏色，讓我得以辨識。現在我只依稀記得圓形的木塊是黃色的，而正方形也許是紅色或藍色的，重點是，當我闔上那本文件夾時，我想著父親現在又幫我製造出了一個拼圖。只不過這一次，那些拼圖的零片是可動的，而且必須在一個更大的框架裡重新拼出來。這個框架就是記憶，就是世界。我不禁再一次自問，爲何我父親會去搜尋那個被謀殺的人，爲何想要把他盡心盡力尋人的紀錄與他費盡心力，卻沒找到的結果給收藏起來，還有他所提到關於這件謀殺案，以及與死者被謀殺的妹妹的事。我有種感覺：我父親事實上在尋找的並不是被謀殺的死者；其實對他來說，死者根本不太值得在意，甚或可說是無足輕重。我父親之所以這樣大費周章，收集了這麼多資料，都是爲了要尋找死者的妹妹，在那個時空重啟一段在一九七七年六月份，因爲某些不只是我自己，甚至連他與我的母親，都試著要忘懷的不幸狀況，而無法進行的搜救行動。那時我母親與他與我（我的弟弟妹妹那時尚未出生）所居住的世界，對於外界的聲音與活動延遲傳到我們耳中會深感恐懼，彷彿我們生活在水面下。我想，我的父親是希望透過那女生的哥哥，以找到我父親的朋友。但是我也自問，爲何父親不早一點開始尋找他的朋友，當那個女生的哥哥還在世的時候。如此對父親來說，與他說話就不會是件難事。

我想當那女孩的哥哥失蹤時，我父親與那死去的女孩之間的連結又斷了一條。因此去尋找他這件事根本沒有意義，因爲死人不會說話，他們不會從阿根廷大草原上，那些他們被棄屍的水井深處裡面，發出聲音告訴我們任何事。我不知道父親是否已經知道他的搜尋可能會無功而返，是否他很單純地只是尚未明瞭，那對兄妹隔了三十年的失蹤案件之間的對稱性，而一次又一次地投身衝向那道照亮眞相的光，直到像隻在夏夜悶熱黑暗的空氣裡的小蟲一般，精疲力竭跌落在地爲止。

3

我妹妹站在加護病房走廊盡頭的咖啡販賣機旁。一直到我告訴她在父親書房裡找到的文件夾後，她才開口說話。父親加入了搜尋布爾迪索的行列，但是他自己一個人行動，並未與其他團體一起搜索，妹妹這樣告訴我。父親到警察們覺得不太有可能性的地方去搜尋，像是小溪旁或是山谷裡，還有穿越這些地形的幾座廢棄橋樑下。他也去鄉間小路路口的幾間棄屋裡搜索。也許時他就已經生病了，也有可能他是因爲後來發生的一切事情而生病的。在整個搜尋過程的那幾個禮拜裡，父親整天只談這件事。我問我妹妹，爲何父親會如此投入，搜索一個他幾乎不認識的人，但是我妹用手勢打斷了我的質問，然後告訴我說：父親認識他；有段時間，他們兩人曾經一起上小學。他們當了多久的同學，我問。妹妹只是聳了聳肩膀。我不知道，她說，不過父親有次告訴我，他很後悔沒趁布爾迪索還在世時，與他談談關於他妹妹的事情。父親有時會在街上看到布爾迪索，這時父親總會想接近他，問問他是否有關於他妹妹的消息，但父親從來不知要如何開口，所以最後總是放棄。那誰又是芳妮，我問她。妹妹想了一會，告訴我說，她是布爾迪索的遠親。父親想勸她以大眾原告身分介入布爾迪索這個案子的審判，以推動審判進度。那爲甚麼父親會想要去搜尋那個失蹤的女生呢？我問我妹妹；但她只是把咖啡端近唇邊，啜了一口，然後把那杯咖啡扔進垃圾桶。冷掉了，她低聲說著，從口袋裡拿出一個銅板，把它放進自動販賣機裡，然後她說，像是延續之前的對話：你去博物館看過他了嗎？看到誰？我問。妹妹說出父親的名字。本市博物館現在舉行的一個展覽裡有他受訪的影片，她說，而我點了點頭。

3

走進博物館時，我付了入場費，然後搜尋著紀念本市報業而舉辦的展覽所在的那間展覽廳。這間博物館裡收集了許多無足輕重的雜物，以及一個除了多年來送進港口的穀物價格起伏之外，缺乏自己歷史的商業城市的繁多裝飾品。而這也是這座博物館爲何會座落於一條河旁邊，而不是向南或向北兩公里，或是在其他任何一個地方的唯一原因。我一邊穿越一間間的展覽室，一邊想著這個我曾居住的城市，這個我曾以爲自己會永遠留在這裡，被一股返祖現象式的力量所永遠束縛在這裡的城市。這股力量無人能夠解釋，但是卻影響了許許多多那裡的居民。他們對這城市的痛恨堅定不移，但是卻從不離開這個城市，這個不肯鬆手，讓出生在她裡面的居民離開的城市。這些居民們或是離開然後返鄉，或是從不曾離開過；他們在夏天時曬黑，冬天時咳嗽，跟他們的妻子買下房子，生下孩子：這些孩子跟他們的父母親一樣，絕對無法離開這座城市。

4

在舉辦本市報業紀念展的展覽室內，有一台不斷播放著的電視機，以及一張椅子。我顫抖著，在椅子上坐了下來，聽著資料與數字，看著電視上出現的一張張報紙封面，直到我父親出現在螢幕上。電視上的他跟我記憶中晚年的他一模一樣。他留著一把白色的長鬍子，有時他會把鬍子梳理得很漂亮。他在電視上談著他曾經服務過的那些報社。他親眼目睹過那些報社破產，換過名字與編輯後在另一個地方重新出發，然後無一例外地在不久之後被法院所拍賣，在報社再次破產之後，整個循環會再重新來過，如果還有機會。整個循環是一連串交替出現，可怕又無盡的剝削與失業，環環相扣；個人志向與對未來的展望在這個循環裡面沒有存在的餘地。我的父親說著他的故事，這個故事看起來，似乎也是他所決定定居，整個城市的報業歷史。我在一間博物館的展覽裡，看著螢幕裡的他，感覺到些許自豪，與一股強烈的失落感，每當我想起父親曾作過的一切，以及我無法模仿他，或是獻給父親與他所作所爲一樣偉大的成就時，這種失落感便油然而生。我父親有許許多多的成就，在每一頁報紙的頁面上、在他所訓練教導過，而之後訓練過我的那些記者間、以及在一段我曾有所聽聞，但是之後一直嘗試著將它幾乎完全遺忘掉的政治史中流傳著。

5

那天下午，我看了三四次那部有我父親的訪談的紀錄片。我一直注意聽著裡面所提及的那些日期與名字，我漸漸地覺得熟悉，直到在螢幕上看見他的時候，突然變成一件簡直太恐怖的事。我要哭出來了，我這樣想著。但是光這樣想，我反而哭不出來。不知何時，一個博物館職員走了進來，通知我說這間展覽室會在五分鐘內關閉，然後他走到螢幕上我父親正在說著話的電視機前，關掉了電視。我試著在腦海中補完父親來不及說完的那句話，但是我做不到。在螢幕上原來我父親的臉所在的地方，我看見自己的臉，我自己那張反映在黑色螢幕上，五官都因痛苦與悲哀而擠成一團的臉。那是一張我之前從未見過的臉。

7

有一次，**我父親告訴我說他曾經想要寫**小說。那天晚上，他坐在他的工作桌前，在一間原本屬於我，而光線總是太暗的房間裡。我自問他是否眞的曾經寫過小說。在他的文件中，有張上面寫了許多名字的名單。這些名字被列成兩行，每個名字之間有彩色線條互相連結，其中又以紅線居多。還有一頁報紙：它是一份叫做「每週圖像」的地方報紙頭版，我知道（因爲我曾聽我父親提起過，而他所說的話，特別是他話中的自豪感，在我崩解的記憶中存活下來），那是他在青少年時期所創辦的一份報紙，同時也是他在新聞界的第一份工作，遠遠早於他到本國中部的一個城市去讀新聞學這個科系之前。文件中還有一些照片，也許這些是我父親爲了要寫那部他想寫，卻未曾動筆的小說，所準備的相關資料。

8

我父親想寫的那本小說，應該會是什麼模樣呢？短小精悍，以片段所組成，裡面充滿了我父親記不起來，或是不想回憶的空洞，有對稱感（一次又一次重複上演的故事，像是在一張折起來的紙片上，不斷往下滲透的墨水漬一般，一個重複好幾遍的微小主題，像是在一首交響曲裡重覆出現的小節，或是在一個白癡的獨白裡的話語），而且比孤兒院裡的父親節還要來得悲慘。

9

有件事情很明白：我父親可能寫出來的小說，不會是本隱喻式的小說，也不會是羅曼史小說或是冒險小說或浪漫小說；它不會是比喻或詩歌或一本青少年成長故事，不會是一本偵探小說或寓言或是童話故事或是歷史小說，不會是一本喜劇或史詩或奇幻小說，也不會是一本哥德式恐怖小說或工業時代小說；當然它不會是本自然主義小說或是概念小說或後現代小說或是一份政治宣傳或是一本十九世紀式的寫實派小說，當然也不會是擬喻或是科幻、驚悚或社會小說，也不會是一本騎士小說或敘事詩；話說至此，它最好也不是一本推理小說或是恐怖小說，雖然這故事的結局帶給人恐懼與遺憾。

10

在父親的文件中，我找到一張刊登在阿根廷報紙「第十二頁」上的廣告，刊登日期是二〇〇二年六月二十七日。廣告的內容如下：

「阿莉西亞・拉奎爾・布爾迪索，記者，大學文學系學生（二十五歲），於一九七七年六月二十一日在土庫曼市遭軍警逮捕後失蹤。

在妳失蹤二十五年後（就在妳下班時），我們仍然不知道妳發生了什麼事。我們無法對妳失蹤這件可怖的罪行視若無睹。對於這件可恥的罪行，我們從未獲得官方的正式說明。

我們深深地懷念妳。

阿爾貝爾多、密爾妲、芳妮、大衛。」

在這篇短文旁邊有張年輕女性的照片。那女生有著一張鑲在一頭濃密黑髮中的瓜子臉，臉蛋上有著兩道細眉與一雙黑白分明的大眼睛。她的眼神並不是看著鏡頭，而是遠方，某個在那位無名的攝影師右上方的人事物，不論那位攝影師拍下這名女性的照片時人究竟在何處。這名女性有著被臉上的嚴肅質疑神情所繃緊的薄唇。沒有理由不相信照片中的女生就是阿莉西亞・拉奎爾・布爾迪索。所有跡象都顯示，相片裡的人就是她，不過她的眼神與不尋常的嚴肅表情，也讓人猜想她並不只是個二十五歲的年輕女生，而是見過許多世面，並決定勇往直前的女性；因此她只能稍稍暫停一下，擺個姿勢照張相片。她如此堅定地凝視著高處，如果在照相時問她問題的話，她可能連她自己的名字或是她自己的住址都無法直截了當地回答。

11

接下來還有更多的照片。在第一張照片中，可以看見十個年輕人圍坐在一張桌子旁，桌上有兩瓶酒，其中一瓶還沒開。還有一些酒杯。年輕人看著不知是男或是女的攝影師。只有在一個年輕男生左邊的我父親，與兩個站在他身後的女生微微瞄著鏡頭。一連串的細節，尤其是一扇窗子上的瓦片，讓我了解到這群人是在我祖父母家裡的起居室。其中兩個人手上拿著吉他。我父親的左手壓著吉他琴頸上方，看起來是E和絃的地方，而另一個女生則似乎在彈著C小調（也有可能是壓著G小調。因爲看不清定調的食指，所以難以斷定），看著相片右方。我的父親與另一個年輕男孩穿著格子花紋的襯衫。另外一個男孩則穿著條紋襯衫。有兩個女生穿著六〇年代常見，上面印著花朵的洋裝。其中一個留著一頭長髮，另一個則留著與法國女星珍妮・摩露一樣的短髮。我父親留著以當時標準來說算長的頭髮，一把濃密的大鬍子讓人分不清他的鬢角在哪裡。他眞該刮刮鬍子了。在這一群年輕人後面，可以看見一塊黑板，上面手寫的字跡寫著：「每週圖像，毒害的一年」在照片右邊有個年輕女生正在微笑著往正前方看。她看起來似乎在唱歌。那女孩正是阿莉西亞・拉奎爾・布爾迪索。

12

另外一張照片裡又是那十個年輕人，但是這次還有另外一個人加入了他們，也許是之前那張照片的攝影師。照片是在我祖父家的中庭裡拍攝的。他們其中有個人正抽著菸。我的父親微笑著。阿莉西亞靠在其中一個女孩的肩膀上，那個女孩的身體幾乎把阿莉西亞整個人遮住了。

13

第三張照片裡，那群年輕人正在耍白癡。我父親頭上戴著一個像是頭盔的東西，手裡拿著一個洋娃娃。阿莉西亞在他右邊，她戴著一頂草帽，頭髮上別著一朵花。她正在抽著菸，而且在這一系列的照片裡，她臉上第一次出現了笑容。照片的日期是一九六九年十一月。

14

如果像現代一樣，我們有張照片的數位檔，而且又像我父親一樣把照片一再地放大，那女孩的臉孔就會被分解成一大群小小的灰色方格，直到那女孩真的消失在那一群灰點之後。

15

我父親替文件夾的第一頁裡，每一個他用箭頭連繫起來的人，都寫了簡短的經歷。在那一頁上有著人名、日期與一些早已不存在的政黨與政治組織的名字，對這些名字的回憶就如同在招魂時，人們所幻想的那些死者的聲音般傳到我腦海裏。我父親的那份名單中，包含了十幾個名字，其中六個與政治組織的名字相關。接下來我父親在文件夾裏納入了幾張他主導的那份報紙的頭版影本；影本上並且以黃色螢光筆註明了在名單上的人名。其中一個就是阿莉西亞·拉奎爾·布爾迪索。在我父親所編寫的名單上，她只是一個日期，她的出生日。另外一個日期則是被一個問號所盤據，對當下的我而言，那個問號並不代表一個問題，而是解釋了一切的答案。

16

之後有張看來是從網路上列印下來的紙，上面還有我之前在「第十二頁」上那篇紀念短文中看到的照片，以及以下的內文：「阿莉西亞．拉奎爾．布爾迪索．羅洛第：於一九七七年六月二十一日被捕後失蹤。出生於一九五二年三月八日。大學新聞系與文學系學生。替UMA（阿根廷婦女聯盟，阿根廷共產黨之女性支部）之（我們女性在這裡）雜誌寫詩與報導。並爲報紙「我們的話語」（該黨之歷史傳統暨官方發聲管道）。她於下班時在土庫曼省聖米格爾市遭綁架。她曾被目擊遭拘留在土庫曼警察總局的秘密拘留中心。」在同一頁上，有一封寫給阿莉西亞的信，見證她的命運。這封信由蕊內．努涅斯所署名：「我靈魂的好姊妹，我還記得在寒冷與恐怖的寂靜中，我拿掉遮眼布，而妳就在那裏，那麼地嬌小，那麼地瘦弱，讓我以爲妳是個十二歲的小女孩。我們互相以微笑打招呼，我在妳身上感覺到一股特別的堅強，讓我充滿希望，尤其是當你鼓舞我，告訴我（用手勢與在牆上默默地寫出來的字）『我們會被送交行政權[14]裁決』、『我們有救了』。那時我就知道一切都完了，接著他們會把我帶到刑場槍斃，我將不知道我爲何而死，或是如何被殺的。結果他們把我丟進一個裝滿了垃圾的桶子裡。當時我滿懷著希望，卻沒想到我再也見不到妳了。好姊妹！好夥伴！好同志！我無法再替妳做些甚麼，我只能記住妳，並且繼續宣揚我們爲何而奮鬥，以紀念妳及所有已經不在的人們。」在下面，也就是這張紙的頁尾，有一首詩：

「來吧，放棄那個清晨

在妳的空洞與孤獨上
自私擱淺了
無可原諒地吞噬著妳
妳會看見妳的盲目只是神話
只是妳靈魂中的陰影
我們可以一起趕上曙光
迎接新的一天」

也許寫這首詩的人是阿莉西亞·布爾迪索。

14 阿根廷歷史上所謂的「國家重整過程」之軍政府時期時（一九七六—一九八三），軍政府對於總統的稱呼。

17

把那些照片放回我父親的工作桌上後，我了解到我父親對阿爾貝爾多·布爾迪索的遭遇之所以感興趣，乃是因爲對他的妹妹阿莉西亞·布爾迪索的可能遭遇感興趣之故。而這樣的興趣，是肇因於一件事情的結果，而這樣的結果也許連我父親自己都無法了解。不過，爲了要釐清這樣的結果，他收集所有的資料。這件事情就是我父親把阿莉西亞帶進政治圈裡，完全不知道這將會讓她賠上性命，也讓我父親賠上數十年的恐懼與悔恨；還有這一切，會在好幾年後影響了我的一生。我試著忘記我剛剛看的那些照片。就在這時，我才第一次了解到，我們這一群七〇年代青年的兒女們，都必須要像偵探一樣，去釐清我們父母親的過去，而我們所調查出來的結果，會很像一本我們絕對不會想要購買的推理小說。同時我也發覺，我們根本無法用推理小說的方式來講述他們那一代人的故事。更正確的說，如果我們這樣做，等於背叛了他們的用意與奮鬥，因爲如果用推理小說的方式，來講述他們的故事，幾乎只是認可一個將故事分成各種種類的體系，也就是說一種現有的慣例體制。而這等於是背叛了他們的努力，因爲他們想要質疑這些俗成的規範，不管它們是社會的規範，或是這些社會規範在文學上的蒼白反射。

18

除此之外，我也看過太多用過去歷史寫成的偵探小說了，在未來還會看到更多。由這一種小說的觀點來看那個時代所發生的事，有種虛假的感覺，因爲一方面來說，比起針對整個社會的罪行，個人的罪行顯得不重要；但是針對整個社會的罪行，無法透過偵探小說這一種文類的技巧來敘述；針對整個社會的罪行只能透過局部敘事，像是巨大建築上的裝飾細節，或是一個外表像是個人私密故事的敘事，來避開把一切都說出來的誘惑；就像是未拼完的拼圖中的一小片零片，逼著讀者去找尋它旁邊的零片，然後接著找下去，直到解開拼圖的秘密，看見拼圖上的圖像。而另一方面，因爲大部分偵探小說的結局總是對讀者用高不可及的態度故作親切地說教，不管它們的情節有多冷酷；這讓讀者在謎團解開，故事裏的罪犯終遭懲罰之後，可以回神過來，回到現實世界，相信著這些案件已經被偵破，被禁閉在書本的封面與封底之間，而書外的世界與那本作品一樣，由同樣的公理正義原則所領導著，不得多作質疑。

19

我想著這一切，一想再想，之後的日日夜夜，無論是在房間的床上，或是在開始讓我有股熟悉感的醫院的椅子上，我想起一個有著圓形天窗的房間，那是我父親正躺在那裏慢慢死去的房間；我告訴我自己，我現在手頭上有足夠的材料來寫一本書，而這些材料是我父親給我的，他替我創造了一篇敘事，一篇我必須同時是作者與讀者的敘事，一篇我必須一邊敘述，一邊發現的敘事。我自問是否我的父親故意留下這些材料，就像是他預料到總有一天他無法親自完成這項工作，而那天正漸漸地接近中，所以他想留給我這個謎團，當作他給我的遺產。我也自問他到底在想什麼；他是一個記者，所以比起我來會更加重視事實，而我一直以來就對事實感到不自在，總是繞開它，讓它能夠遠離我；我遠赴一個對我來說，從來都不是現實的異國；在那個國家，從不存在那對我來說才是**現實的政治迫害**，而且我還在那裏待了那麼多年；我自問，父親對於我寫一篇我幾乎不清楚的故事，一篇我知道會如何結束（很明顯的會在一間醫院裏結束，就像所有的故事一樣），但是不知如何開始或在這中間到底發生了甚麼的故事，會作何感想。對於我講述著他的故事，但是卻不完全了解其中整個來龍去脈，而只是在一個個別人的故事裏，像卡通中的那隻郊狼一樣追著我父親這隻嗶嗶鳥跑，而落得最後必須放棄，看著他消失在地平線上，身後留下一團塵煙與我無力的遺憾，我的父親又會作何感想呢？對於我講著他的故事，以及我們所有人的故事，而未曾深入了解那些發生的事，只是一路緩慢地解決著那許多未交代清楚的細節，以建構出一個跌跌撞撞地推進，且與至今為止我想做的一切背道而馳的故事，雖然說我無可避免地成為這個故事的作者，我父親又會怎麼想呢？我父親究竟是誰？他想要做甚麼？我原本希望能忘掉這一切，但是當我的藥快吃完時，再次回過頭來，縈繞在我腦中那個恐怖的歷史背景究竟是甚麼？那個我在我父親的文件中發現的失蹤者的故事，那個我父親把它當成是自己的故事，盡他一切力量去探索發掘，以避免在父親自己的故事中冒險的故事，它的歷史背景究竟是甚麼？

20

去參觀美術館之後，第二天我就病倒了。當然，發病的第一天是最慘的。我還記得那時的高燒與昏昏沉沉的感覺，還有像是由一個瘋子或是虐待狂所控制的迴轉木馬般，不斷地一次又一次重覆來襲的夢境。並不是每個夢都有意義，但是由它們所衍生出的推論卻不然。這些夢境所述說的，就算是以片段破碎的方式，我還是能記得（雖然我記憶差；雖然有一連串的狀況，導致我的記憶在很長一段時期內變得一無所用，但是這段時間即將結束了。）直到今日，我都還記得。

21

我夢到我走進一間寵物店，然後駐足在熱帶魚缸前看著那些魚。其中一尾魚特別吸引我：那是隻透明的魚，幾乎看不清牠的身形輪廓、它那也是透明的眼睛、以及它的內臟器官。但是，與其他也略顯透明的魚不同的是，這隻魚是完全透明的；器官個個截然分明，看起來就像塞在魚肚子裡面的彩色石頭，而且它們之間互不相干：一群各自爲政，沒有中心意志的器官。

22

我夢到正在以前位於德國哥廷漢的房間裏寫作著，然後發現我的口袋裏有些小蟲。我不知那些小蟲是怎麼跑進口袋裏的，雖然知道這件事很重要，但是我在那樣的情況下，只想著不能讓別人發現我口袋裏有小蟲，而且牠們很想爬出來。

22

我夢到我騎著馬，當牠喝著水時，兩隻前腿很自然地脫落了。馬把前腿吃了，接下來牠的頭從脖子上分離了；馬頭在地上滾著，想要再次與脖子結合。我想像著從牠的脖子上，馬會再長出顆頭來：一開始是像個胚胎般結實的一截肉塊，然後就會長成一顆形狀大小都合宜的馬頭。

23

我夢見我正在樓梯上往上走，有三個戒指從我手上脫落。第一個是個閃電形狀的銀戒指，原本戴在我的食指上；第二個是個鏈狀的戒指，戴在中指上。第三個戒指是安黑拉・F的戒指，上面有顆藍色寶石。

24

我夢見我是個小孩，正在觀察著，一個女人準備要自殺的過程。那女人有一支枴杖，躺在一張床上。我認出那是在東方某處一間平價旅館裏的床鋪，兩手握著一串念珠。在她的床上有一面白色與紅色組成的旗幟。女人兩臂之間抱著一支獵槍。她凝視著我，我了解到她正爲了她即將要做的事情而怪罪我。我原本以爲她只是作作樣子，假裝要自殺，後來我了解到她是玩眞的。把獵槍槍管塞進她的嘴巴之前，她拿給我一張照片，上面可以看見胡安·多明哥·裴隆以及裴隆黨的地下抵抗組織裏，最知名的那些成員。她告訴我說這是在那些人開始互相開槍射擊之前所拍的照片。在照片裡，也有著那個女人的身影。

22

我夢見我夢到了德文的verschwunden（失蹤的）與Wunden（在德文中並不獨立存在的字，不過有時可當作是Wund傷痕的複數）這兩個字有著一樣的意義，而verschweigen（沉默）與verschreiben（開處藥方）這兩個字的意思也是一樣的。

11

我夢見我回到了阿根廷大草原，去參加當地著名的民間娛樂：「馴獸師」。先把一隻猴子騙進一個地上挖的洞裏，然後將洞裏塡滿土石，讓猴子只能露出一個頭來。然後放出一隻野獸，通常是頭獅子，再賭看看這隻猴子是否能掙脫陷阱；而如果牠掙脫了，又是否能殺了獅子。只有少數幾次，猴子能夠成功爬出陷阱，但是不管牠是否打敗了牠的對手，就在牠看見圍繞著自己，以此爲樂的人類，跟牠有多麼地相似的時候，猴子自殺了。

9

我夢見我在德國鐵道公司Metronom的火車上，認識了一個女人。她被迫抱著一個在她體外的子宮裏成長著的嬰兒。兩者之間只有一條臍帶連接著。如果你要求她，女人就會將她的子宮從一個她從不離身的包包裏拿出來，拿給你看：子宮的大小跟一隻鞋子一樣，在裏面有個還在胚胎期的嬰兒。嬰兒會展現出一些只有媽媽能夠詮釋的情感與反應。查票員走過來的時候，我問她要怎麼到一個叫作連多夫或是列夫多夫的城鎮，但是她沒回答我的問題。火車到了一個叫作紐史塔特的工業城市的車站，從車站大廳可以看見煙囪與工廠。那個剛剛沒回答我問題的查票員走了過來，告訴我要去連多夫或是列夫多夫那個城鎮有兩種方式：要不就搭公車到一個城鎮再轉車過去，要不就把有毒的食物給車站門口的一個乞丐。於是我了解到我要去的這個位於德國北部，叫作連多夫或是列夫多夫的城鎮，就是地獄。

26

我夢見我會一種算命的方式：兩個人互吐口水到對方的嘴裏。當他們交換體液時，他們同時也交換了他們對未來的計劃與願望。

3

我夢見我去阿爾瓦羅．C．V工作的那間博物館拜訪他。博物館所在的那棟建築物，看起來很像巴塞隆納設計學院。我在建築物裏的展覽室晃著，尋找阿爾瓦羅的下落。每間展覽室都各自不同，而每一間都有些似乎會讓我的注意力留連忘返的物品。其中一間的玻璃展示櫃裏，展示著用南瓜製作，像是引擎活塞的東西，根據說明銘牌，它會發出無法形容的聲音。我在一條走廊轉彎，終於看見了阿爾瓦羅，於是他與我兩人走到外面。但是我的思緒還是一直停留在那幾間展覽室中，我發現我若是不搞清楚到底我剛剛看到的是甚麼儀器，而它發出的聲音究竟應該如何描述，我就無法安心。過了一會兒之後，我們回到博物館內，我觀察著博物館裏所進行的兩個實驗。在第一個實驗中，他們抓了隻貓，把牠泡在一種橡膠溶液裏，然後把牠塞進一根紙管中。負責解說的那個女人說這是一種天線，當電視或廣播的訊號太弱，使得家中的傳統天線無法接收時，就可以把這種天線裝在家裏。在她身旁，那隻貓還在晃動尖叫著，但是慢慢地貓就靜了下來，因爲那件紙馬甲讓牠無法呼吸。最後貓的頭無力地掛在紙管的切口上，而這支天線仍然屹立不搖。接下來他們抓了隻小猴子，然後他們在牠脖子上裝上一個紙板作的頸飾，看起來很像十七世紀時歐洲宮廷紳士們戴的放射狀頸飾。然後他們開始一條條地切斷猴子的頸部肌肉，研究肌肉要多久之後才會停止抽動，分析猴子要花多久的時間才會發現肌肉被切斷了，推斷哪些肌肉與靜脈必須要留待最後才切斷，如此猴子才能存活最長的時間。我知道他們幫猴子戴上紙頸飾，如此猴子才不會因爲看見他們到底對牠在做甚麼而陷入恐慌。但是當牠那怯生生的叫聲逐漸變成來自喉頭的呻吟，以及牠臉上的表情，都讓我了解到，牠很清楚地知道也感覺得到，到底這些人正在對牠做甚麼。慢慢地，牠的腿不再抽動了，接下來牠的手臂變得僵硬了，牠的肺部停止運作了。最後，當猴子的臉龐只剩下一張充滿恐懼的面具時，研究人員切斷了一條粗靜脈，一條勉強將猴子頭部與紙製頸飾下的身體連結在一起的紅線，然後猴子就死了。

22

我夢到我在羅馬的一間民宿看著電視。電視中正在談論塞爾維亞總理哥藍・D的太太。那女人的姓氏是「屄」，據說她與「陰道」或俄國黑幫有關連。

30

我夢到有個瘋狂女作家叫做克拉拉。一個在她身旁的精神科醫師正發言支持她拒絕讓一群紀錄片拍攝人員訪問她的決定。醫師一次又一次地提到「欺凌」這個詞，直到女作家站了起來，將一個白色的金屬盤子放在她的座位上，告訴大家這個盤子就是她本人。然後她用指甲在水泥地上寫下一道物理公式，就離開了。接下來的幾天內，她滴水未進。我主張那位作家想要表達一種欲望，想要乞求食物，而她用的方式是她唯一會的方式。這就像是我們想吃西瓜，於是我們要了水與糖一樣。但是其他的觀眾不這麼想。無論如何，物理公式（一份關於地球與太陽之間的各種比例之報告）都絕不可能是一種要求的方式，而應該是那位女作家對我們的開示，在她因缺乏食物與意志力而死亡前所作的開示。

31

我夢到我正與我父親一起看一部影片。我們兩人中間隔著幾隻不成雙的鞋子，我想那些應該是我的鞋子。電視上正在播映廣告。廣告中出現了一些孩子們畫的飛行物體。之後是一段手寫的訊息：我們所有人都是我們的語言的一部分；每當我們其中之一死去，我們的名字，以及我們語言的一個微小但是很重要的部分，也隨之死去。正因如此，再加上我不希望讓語言變得越來越貧乏空洞，我決定要活到新的字詞來到的那一天。那段訊息最後的簽名難以辨識，只能勉強看出以下的年份：一九七七、二〇〇八與二〇一〇。我的父親轉過頭來對我說：二〇一〇是沒有一九七七的二〇〇八，而一九七七則是倒過來寫的二〇一〇；你沒甚麼好怕的。我回答他：我並不怕。他的眼睛轉向電視螢幕，然後開口說：但是我會怕。

IV

我們都是存活者，我們撐過了他人的死亡。沒有別的辦法了。除了傳承下去以外，沒有其他的辦法了，不管傳承下去的東西到底是甚麼。一棟房子、一種性格、一個社會、一個國家、一種語言。之後還有其他人會來到，我們也是那即將到來的人群。面對這些傳承，我們該怎麼辦？

馬爾歇羅・寇恩

1

當我醒來時，我母親的臉孔像是被塞進一副嚴肅的表情中。當她向我走來時，週遭的空氣彷彿夏日的空氣一般顫動搖晃著。外面正在下雨（自從我昨天由博物館回來時，雨就開始下了），母親看著丈夫與兒子都臥病在床，卻又束手無策，她的表情宛如這個荒唐情境的縮影。就像以往每次生病一樣，我打電話給妹妹。現在她人在醫院，我母親這樣回答，不過她昨天一整天都在你身旁。我母親在我額頭放上一塊濕毛巾。你是去博物館看你爸嗎，她這樣問我。沒等我回答，她就說：我就知道，然後把臉轉到一旁去，她那張慢慢地變濕的臉。

2

外面的雨勢仍大，雨水切進空氣，似乎把空氣給吸進大雨中了。水代替了空氣，將它趕進天空與大地之間，那道堅實的雨濂後面的某個地方，某個我的肺臟、我父母親的肺臟與我弟妹的肺臟都無法到達的地方。雖然空氣中仍充滿了水氣，但我的印象卻是水把空氣給抽乾了；空氣被替換掉，而它所遺留下來的空洞並未眞的被水所塡滿，而是居於水與空氣之間的一種物質。那種物質是悲痛與絕望的主要成分，也是所有一切你絕對不希望在你的生命中必須面對的事件，例如說父母親的死亡，便是它們的主要成分之一。雖說如此，它們卻一直都在，在那一片幼稚，永遠都下著雨，而你卻無法撇開視線不看的景色中。

4

現在是早上還是下午，我問我弟弟，當他手上端著一杯茶，出現在房間裏時。現在是下午。你是說現在已經很晚了（es tarde），還是說現在是下午（es la tarde），我追問他。但是當我終於擠出這個問題時，他人早已離開房間了。

5

現在是早上還是下午，我再次問。這一次我弟弟端來的是一碗他煮的湯。現在已經是晚上了，他說，一邊指著外面。他告訴我，我母親與妹妹都在醫院陪我父親，她們兩個人會在那裏過夜。所以現在是你要來照顧我，我這樣跟他說，試著帶一點嘲諷的意味。我弟弟回答：我們來看電視吧，在他身後他拖著一張滾輪桌，桌上有台電視機。

6

我很喜歡在房間裏，跟我弟弟在一起。燒開始退了，但是我仍然難以長時間集中視線凝視一個地方。當我弟弟開始不斷轉台，想找部適合我們兩人在晚上一起看的影片時，我得把視線移開，以避免那不適感。他轉到一個節目，電視上的警察正在首都外的某個貧民區裏追逐罪犯。節目的音效不算特別好（當然因爲實境節目的音效通常是在最差的狀況下錄製的，比如槍戰與惡劣的氣候環境），而且我國在地語言似乎從我離國之後改變許多，我完全聽不懂他們在講甚麼。雖然說警察之間說的話向來沒人聽得懂，但是在節目裏，只有貧民區的窮人說的話有字幕，這讓我不禁思考了一陣子：那是怎麼樣的一個國家啊？只有窮人說的話需要打上字幕，難不成窮人們說的是外國話嗎？

7

我弟弟終於停在一個頻道上，因爲有部電影正要開始播映。影片中有個年輕人發生了小意外，必須在醫院裡待個幾天。當他回到家後，爲了某種理由，他認爲他的父親應該對他發生的那件意外負責，於是他開始跟蹤他父親，在遠處觀察他，並總是與他保持距離。那個父親的舉止看起來不像危險份子，但是他的兒子卻這麼想：若是他父親走進一間店裡，試穿一件夾克，兒子就會開始想著（因爲父親從未穿過那種衣服），他父親打算穿那件衣服，好變裝去犯罪。如果他父親在美容院裡翻閱旅行社的產品目錄，兒子就會假設父親正在找犯下謀殺案之後要潛逃的地點。在兒子的想像中，他父親所做的一切，都跟一件謀殺案有關；只有一件謀殺案，一件這個兒子相信他父親終將犯下的謀殺案。因爲這個兒子愛他的父親，不想見到他父親在監獄裡終老，（加上他認爲他自己將會是這件謀殺案的受害者），所以他開始設下陷阱，試圖讓他父親在犯下這起想像中將發生的罪行之前打消念頭，或是至少阻止他父親犯下這樁謀殺案。他把夾克藏起來，在廁所燒掉他父親的護照，或是用剃刀把行李箱割得亂七八糟。對他父親來說，這些家中發生的事情（他買的新夾克跟他的護照都消失了，家裡的行李箱被破壞了）無法解釋，讓他訝異卻也讓他火大。他父親原本歡樂的性格，變得越來越易怒；而這些難以解釋的事情，這些難以找出緣由，同時又像一陣意想不到的大雨般眞實的事情，讓他父親覺得被某人給盯上了。當他父親去上班時，會緊盯著與他同一節捷運車廂裡所有乘客的臉孔；當他走在路上，他會在每個轉角回頭望。他父親從未看到跟蹤他的兒子，兒子卻將父親的緊張與易怒，歸咎於父親離預定犯罪的時間越來越近，益發焦慮的緣故。有天父親告訴兒子他心頭的煩悶，兒子則是安撫他。你不要緊張啦，那都只是你的幻想而已，他這樣告訴他父親。但是父親還是很緊張不安。那天下午，當兒子一如往常的跟蹤他父親時，兒子發現他父親去買了一把手槍。晚上回到家之後，他父親把槍拿給他太太與兒子看，但眾人吵了起來。他的太太這段時間以來，一直質疑丈夫心理有問題，於是想將那把武器從丈夫手中搶走。他們兩人開始拉扯，兒子不知所措，最後大吼一聲，衝到兩人中間。這時手槍走火，母親倒斃在地上。兒子的視線往下看去，發現他的猜測是對的，同時也是錯的；他預見會發生兇案，但卻萬萬想不到受害者不是自己；更糟的是，這件兇殺案的犯人不是他父親，而是他自己。父親不過是自己過於氾濫的幻想的工具，一切都是許多眞的發生，再眞實不過的事情的累積，但是這些事情卻遭到錯誤的解讀。影片結束時，我發現我弟弟坐在我身旁的椅子上睡著了，我並不想吵醒他。電視上優酪乳與汽車廣告的光線黏在我臉上好一陣子。

8

你前天晚上胡言亂語。隔天早上我妹妹端茶進房間給我時這樣說。她問我是否還記得我那時夢到了甚麼。我還記得兩三個夢，於是我就告訴了她。我妹妹告訴我她不喜歡那些夢境，因爲在每一個夢裡，動物都會死掉。但是關於我父親的那個夢還好。我做那些夢可不是要讓妳喜歡的，我這樣回她。她笑了。當爸爸載我們去上學時，你都會告訴我們你前一晚做了甚麼夢，你還記得嗎。我搖搖頭。他會先走出家門，發動車子，然後我們走出去，爬進車子後座，然後你就會告訴我們你前一天晚上夢到了甚麼。你老是夢到死掉還有被虐待的動物。我一直不懂他幹嘛要先去發動車子，我說，這根本沒有意義，因爲無論如何，他還是得要等我們啊。我的妹妹看著我，像是她沒聽懂我剛剛說了甚麼一樣，或者我就像那群我在電視裏看到的社會邊緣人一樣，講著他們的窮人語言，迷失在不屬於他們的土地上。我搞不清楚你怎麼會不記得這件事情，她這樣回答我：在那個年代，記者會被暗殺，人家會在他們的車子裏放炸彈；他每次都自己一個人先去發動車子，自己承擔所有的風險，保護我們。我真不敢相信你連這都記不得了，她說。

9

這時候，那些我一直不願意想起來的事情，突然回到我腦中，帶給我一種強烈的衝擊，不是那種擦身而過的感覺，也不像我會去收集的那些影像模糊的照片，我收集那些照片的目的是爲了不要去看，我知道我擁有它們就夠了，不過我絕對不會去多看一眼；如今那些回憶像一台消防車，排山倒海地從正面向我撞過來，就像我多吃了一些藥時會看見的那些景象一樣。那些事情就在我面前，解釋了一切，它解釋了我爲何會不由自主地將我的過去與恐懼連結在一起，彷彿過去我們活在一個以恐懼爲名的國家中，而它的國旗就是一張因驚嚇而變形的臉孔；它們解釋了我爲何痛恨那幼稚的國家，爲何放棄了它，展開一場早在我到德國去之前，就已經開始的自我放逐，並且嘗試著最終能夠把一切忘掉。有一次，我想讓自己相信，我的旅行沒有回頭的空間，因爲長時間以來我與我的家人所經歷的特殊狀況，使得我無家可歸；但是這時我發覺，我是有家的，這個家是一大堆的回憶，這些回憶一直以來都陪伴著我；就像祖父與我在小時候虐待的那些白癡蝸牛一樣。

10

小時候，家人命令我不能把其他小朋友帶回家。如果迫不得已必須一個人在街上走，一定得走在面對車流的那一邊，還得注意是否有車要停在我身旁。我在脖子上戴了塊小牌子，上面有我的名字、年齡、血型與連絡電話號碼。如果一有人想把我拉進車子裏，我就得把那塊牌子丟到地上，然後大聲喊我自己的名字，盡我所能地喊叫，越大聲、越多次越好。家人禁止我去踢在路上的紙箱，也不可以告訴別人我在家裏聽到的任何事情。家裏有個我父親畫的徽章，兩隻緊握的手裡有著一支像是鐵槌的東西，鐵鎚上面還有頂弗里吉亞便帽。背景則是藍白雙色，鑲嵌在一個剛升起的太陽與月桂葉之間（譯註：此爲阿根廷國徽）。我知道那是裴隆黨黨徽，但是我卻不能告訴任何人，而且我也必須忘掉它代表了甚麼。這些禁忌，這些我遺忘已久，現在第一次記起來的禁忌，是要用來保護在恐怖統治時期下的我、我的父母親，與我的兄弟姊妹們。他們似乎已經忘了這些禁忌，但是我沒有忘記，因爲當我回想起這些禁忌時，我想到後來在德國的城市裏，我下意識中還是經常做這些事：想像著要如何一路面對車流，走到我的目的地，並在腦中畫出路線圖。

11

關於那些蝸牛：祖父與我會在蝸牛的殼畫上各式各樣的顏色，有時我們還會在上面寫幾句話。有次祖父在上面寫了句問候的話，還留下自己的名字，然後把蝸牛放在地上。蝸牛就爬走了。過了很長一段時間，有人把那隻蝸牛抓來給我們：他們是在離祖父家幾公里的地方找到的。對我來說，那段距離有些長；但是也許對蝸牛來說，並不是一段無法走到的距離。牠的這段豐功偉業讓我印象深刻，之後一段很長的時間裏，我總是想像一切的人事物都還會再回來，一切都會回來，即使他或牠或它把身上一切都帶走了，而且也沒有任何理由要回來。那一刻起，我就決定永遠不回來了，在德國濃霧與藥物中毒的漫長時間裡，我都做到不再回來的承諾。雖然現在許許多多的狀況讓我不得不回國，但是我回到的這個國家，並不是我父母親希望我能熱愛的那個叫作「阿根廷」的國家，而是一個我想像出來的國家。他們曾經爲了這個國家奮鬥，這個以前並不存在的國家。當我了解到這件事時，我也了解到並不是因藥物引起的成癮現象，導致我無法回憶兒時往事，而是那些往事使得我希望自己藥物成癮，把一切都忘掉。就在這時，我決定要記起一切，爲了我，也爲了我父親，以及我們兩人所尋找，但卻在無意間將我們兩人重新結合在一起的那些事物。

12

我的父母親曾經屬於一個叫作「鐵衛」的政治組織。它的名字很不幸地，讓人聯想起在兩次世界大戰期間，一個同名的羅馬尼亞右派政治組織；兩者之間的相同點只有名字[作1]。不同的是，我父母親之前所參加的組織本身信奉馬列主義，而在某個階段[作2]，這個組織改爲裴隆黨的一部分。但是其中成員在思想上（尤其是我父母親的思想，他們是在組織開始與裴隆黨越走越近時加入的）仍然遵循馬克思主義，或者他們至少是唯物史論者[作3 4]。因爲組織成員大部分沒有裴隆黨員的家族背景，他們急著想了解裴隆黨員的思想，於是就到街頭巷尾去調查。在街坊鄰居口中，裴隆黨時期國家的盈餘分配，當時國家經濟的富裕，以及父權主義下對人民的照顧，在他們腦海中仍然記憶鮮明，就像抵抗運動[作5]的活躍一樣。我父母親的組織在最後也曾對抵抗運動作出貢獻。然而，「鐵衛」與「志願軍」（Montoneros）並不相同，雖然這兩個組織有一段時期必須合併[作6]：不過，「鐵衛」並不自以爲擁有革命過程中唯一的眞理，而是試著在社會最底層的抵抗運動中尋找[作7]；它不會企圖將某種運作方式強加於人，反而是進入群眾中學習，學到這些運作方式。另外一個重要的差別在於「鐵衛」拒絕武裝反抗路線：經過一段討論後[作8]，這個組織決定，除了自衛以外，不採取武裝反抗。我想這是救了我父母親，以及他們不少同伴一命的關鍵。當然這也間接救了我一命[作9]。從那時起，這個組織建構權力的主要工具就是文字與討論。當然，就像我們所知道，它們引發改變的潛力不值一提。但是在他們身上發生了某些事情：在一段很長的時間中，這個組織成爲裴隆黨內最有力的組織，也是唯一一個與中產階級之外的其他階層有眞正社會接觸的組織，而中產階級的改革意志最後被證實了並不存在。他們的提議是創造一個「環境後衛」[作10]，也就是一個建構在社會的物質基礎上的國家體制，目的是替代那個在一九五五年之後設立，缺乏政治合法性的軍事化國家體制。「鐵衛」期盼從基層建構國家體制，應付基層人民的實際問題，而不使用武力。將武力視爲必須建構另一個政治上的選擇時，最無關緊要的工具，或是放在引發改革的元素之外[作11]。但是，想要當個對裴隆完全忠誠的裴隆黨員，最終變成了一種陷阱。因爲一方面來說，對一個政黨領袖無條件的支持，導致我父母親的組織被迫接受，一個由一名無知的女人，以及一個人人稱之爲「巫師」的虐待殺人狂所組成的無能政府。大家叫他巫師，因爲他對各種神秘學都非常有興趣；另一方面，這樣的忠誠，在裴隆死後把他們帶進了一條死巷。[作12]。當將軍死後，他的軍隊要何去何從？當然哪裏也去不了。雖然裴隆曾說過他「唯一的繼承人」將是人民，「鐵衛」熟習民情，在群眾之中不但如魚得水，還能將流水般的民意造渠導向（水若無魚則無意義，魚若無水亦同。兩者唇齒相依，失其一，則另一者亦不復存）。「鐵衛」在裴隆死後就解散了[作13]；他們無法承擔裴隆留下的那份遺產：否則接下來幾個月，他們必須動用武器及熱血去捍衛。這件事也拯救了我雙親與我的命[作14]。部分的同志決定加入其他組織繼續奮鬥，後來這些人不是被暗殺就是失蹤了，還有一些人則離開了祖國；其他人經歷了一段痛苦的適應期及某種在自己國內的流亡，他們必須面對那場革命的失敗，一場確定被獨裁政權畫下尾聲的革命。凡是在尾聲之後仍然試著繼續，或是被命令繼續革命的人，都被暗殺了。我的父母親則以他們的方式繼續革命：我的父親繼續擔任記者，我的母親也是；他們有了孩子，給了這些孩子一種傳承，也是一種請託。如今那個傳承，那種請託，是社會的改革，是一種意志，可惜在我們成長的那個時代並不適當。因爲那是個驕傲的時代、是個冷感的時代，是個失敗的時代。

作者註釋1 羅馬尼亞的「鐵衛」是一個在兩次世界大戰之間成立的宗教性組織，其政治傾向位於光譜的右側，同時也有很深的反猶太傾向。其創辦者為寇爾聶留・謝列阿・寇德雷阿努。(1899.9.13~1938.11.30)

作者註釋2 事實上，我的雙親是來自「國家學生前線」這個組織。這組織就眞的是堅信馬克思思想了。它與正統的裴隆黨「鐵衛」合流成爲一個被稱爲「唯一世代轉移組織」，創辦於一九七二年初的組織。

作者註釋3 事實上，其組織高層仍然是一小群偏執的列寧主義者。

作者註釋4 在這方面來說，它的敵人是人文主義者與天主教徒，他們在任何時代與情境都常是正確的敵人。

作者註釋5 「抵抗運動」是個運作並不順暢，且多樣化的運動。它是在一九五五年六月，針對胡安・多明哥・裴隆因政變被迫下台並出亡海外，其政治勢力與其肖像名稱及相關符號一律遭禁止時，其支持者所自然產生的回應。「抵抗運動」的抵抗方式基本上是破壞工廠、罷工與隨機動員遊行。其活動在一九五五年至五九年之間最頻繁激烈。在這段期間，反抗組織的領袖是約翰・威廉・庫克。

作者註釋6 在一九七一年，「鐵衛」與「志願軍」不斷地討論如何整合，整合的目的是讓前者有武力組織，而後者可獲得更大的運作空間與更多的成員：在其全盛期，「鐵衛」擁有三千個「小隊」，及一萬五千名成員與活動推廣者。我想我父親是成員，而我母親則是活動推廣者。

作者註釋7 在這方面來說，該組織的舊成員還記得在貧民區的煽動與政治宣傳是他們的主要工作之一，也是他們訓練成員的學校。

作者註釋8 組織最早的成員似乎幻想著可以在阿爾及利亞或古巴獲得軍事訓練，但是胡安・多明哥・裴隆本人親自勸他們打消這樣的念頭。

作者註釋9 還有一個與前述組織不同的地方：「鐵衛」的領導者並未放棄他們的成員，或是強迫他們爲了一個並不相信的信念而死。相反的，「志願軍」的領導階層下令組織轉入地下後，讓他們的成員頓失庇護，成爲前來屠殺他們的殺手們的活靶。

作者註釋10 有時他們也將其稱之爲「裴隆黨的戰略儲備資源」。

作者註釋11

更精確地說，他們的政治規劃是加入裴隆黨（也許這就相當於，以我父母親較偏好的說法來說，加入「人民」），當人民的政治與革命意識進一步強化時。根據組織的理論，人民的政治與革命意識早已存在，不需再予教導。

作者註釋12

也許可以說其組織高層早已踏入那沒有出路的死巷，當他們覺得在組織框架下思考發生的事件，變得比事件本身更爲重要時。他們對於一九七三年六月二十日裴隆抵達阿根廷首都國際機場的歡迎場面所採取的對策，也就成爲了日後整個組織即將發生的事之前兆：他們被夾在與工會交好的裴隆黨內右派，以及由「志願軍」所代表的黨內左派之間，而被迫撤退。

作者註釋13

「鐵衛」於一九七四年七月至七六年三月之間解散。在這段期間，他們的領導階層試著確保整個政治體系的秩序，但是他們也非常地現實，也許是在組織歷史上最後一次如此作：他們考量到即將會有政變的可能性，於是先與可能參與政變的各方勢力達成協議，確保其成員的人身安全。有些人回憶起在某次會議中，組織高層曾要求他們提供他們的名字與連絡方式，甚至有些人堅稱這些名單都被送到海軍人員手上，使得他們倖免於難。

作者註釋14

就既成的事實來看，這個組織的解散也代表了一件不只是在阿根廷，甚至包括世界上任何一個國家的政治史上來說，都是非常奇特的事：很難想像一個像這樣在超過十年（從一九六一年至一九七三年）的時間中，致力於坐大自己的權力的組織，在其領導者死後卻放棄動用這樣的權力。

13

我出生於一九七五年十二月，所以我應該是在該年三月受孕成形的，那時離裴隆死後還不到一年，我的雙親幾個月前剛離開他們的組織。我很喜歡問我認識的人，他們是何時出生的。如果他們是阿根廷人，又是一九七五年十二月出生的話，我就會想著我們之間有些共通點，因爲所有那個時代出生的人，都是我們父母親在無法成功革命之餘，給他們自己的安慰獎。他們的失敗給了我們生命，不過我們也給了他們一些東西：在那個年代，孩子是個很好的掩護，一種必然被解讀成已經接納傳統生活，遠離革命活動的信號，絕不會錯的。在一場拘捕或臨檢行動中，一個小孩可以帶來生與死的差別。

14

只要一分鐘。這一分鐘是個謊言，一種我的父母親與他們的同志隨時都在編造的故事，若是他們遭到拘捕時。只要那一分鐘夠好，能夠說服別人，也許他們就不會立刻被殺。好的一分鐘，一個好的故事，是單純簡短的一個故事。故事裡不會有些多餘的細節，因爲生命中充滿了細節。那些能夠把他的故事從頭到尾說出來的人就死定了，因爲那種特徵，那種能把故事一口氣說完，中間毫無遲疑與停頓的能力，是非常少見的；對追緝者來說，這是證明故事是謊言最有力的證據，比起甚麼有外星人或是見到鬼，都還要確實有力。而在那時代而言，一個孩子就是那一分鐘。

15

當然，這一分鐘不能用一秒接著一秒，線狀的方式來計算。我猜想當我父親告訴我，他以前希望能寫出一本小說，但是這本小說的敘述方式，絕對不可能採用線性敘事，他當時腦中想的必定也是如此。當然，若我依時序敘說他們的故事，我也不可能眞正實踐他們的每一件行爲與思想。如何敘述他們的故事？這個問題，等於要記起這個故事的來龍去脈，並且記得他們是怎麼樣的人。同時，這也帶來另一個問題：要如何講述這個故事，如果說連他們自己都講不出來呢？要如何用個人的方式，來講述一個集體的經驗？要如何敘述我父母親他們的故事，才不會讓人覺得我把他們變成了這一個集體故事的主角？還有他們在這故事中，佔有什麼樣的地位呢？

16

在我雙親家中，我找到幾本關於他們組織的書。很少有關於這個組織的書。接下來幾天，我在醫院裡看完了這些書，同時等待著有人告訴我父親的消息，不管是好消息或壞消息，只要能讓這段提心吊膽的時期結束。這段時間脫離了外界，從我父親病倒時，時間就展開了它停滯不動的旅程。在那些書中，我找到許多原先只有模糊印象的資訊；它們過去都是透過我父母親敘述，再經由我充滿恐懼的感官所接收下來的。

18

多年以來一直處於中斷狀態的記憶，在我回憶起這些發生過的事實之後，又再次開始運作了。但是它的運作方式並不是線狀的。我的記憶隨時會噴出影像與回憶，粗暴地替代了我當下眼睛正在看著，或是手頭上正在做著的事情，把我帶回過去。這讓我無法完全活在現在，讓我覺得既不舒服又悲哀不已；但是這也無法把過去全部還給我。在我的回憶裏，自然有一定的百分比，我自己無法解釋，甚或是我自己的幻想；但是有人曾告訴我，原因有多少想像的成分並不重要，至少產生的結果總是真實的。以前我經歷過的一切產生的結果是恐懼，但是這些年來拾起的片段回憶，它們滯留在我記憶中，對抗著所有想再度將它們消除的念頭。對我來說這是一種啟示，光是這件事它發生在一個我從不想再回去的國家中的一個城市裏的一間醫院中的一條走道上，就是一種啟示；或是當我握住父親的手，用一種我從不想這樣握著它的方式，在醫院的一間病房裏，在一個我剛開始了解我父親究竟是怎麼樣的一個人的地方，當對所有人來說，尤其是對我與對他而言都已經太晚時，我正握緊他的手。

19

我記得的事情有：我父親的同事所拍攝，關於歐沙里歐當年吵雜的抗議遊行，以及遊行中學生與勞工肩並肩的情景。胡安．多明哥．裴隆流亡海外時，在馬德里所錄下的演說錄音帶，總是固定透過特定的神秘管道送到組織成員手上；成員們則會在街坊間發送這些錄音帶。我指的並不是錄音帶的內容（據我所記得，連我父親的同伴們都忘了），我記得的是它物質上的存在，在錄音帶轉盤內的一段段黑色磁帶，與播放所需的機器。我也記得那些機器，因爲我在童年時使用過它，它的顏色是黑白相間，有時會壞掉。我記得有一座看起來像四腳朝天的蜘蛛的紀念碑，父母親與他們的同志都稱它爲「橘子」（譯註：艾薇塔的紀念碑），它位於一個勞工與社會邊緣人聚集的區域，就在一條被汙染的小溪旁。溪裏可以抓到肥美的大魚。關於組織的歸屬的故事，關於組織成員私生活的故事，關於其中一名遭到審判並被逐出組織的女性成員的故事，只因她愛上了敵對組織的成員；某些成員的叛逃，他們用不滿的語氣述說著，但是語氣中又混雜了一些，既像是不解或者對老同志感到同情的情感；我記得一個數字，根據人權團體的統計，曾有一百五十名組織成員在一次非法鎮壓行動中喪生；有一天我母親向我解釋要如何在街上築起路障；要如何將電車拖離電纜，如何調製摩洛托夫雞尾酒（譯按：由玻璃瓶裝汽油所打造的土製汽油彈）；我記得一段既眞實又想像的回憶，有一次父親告訴我，當裴隆回到阿根廷時，他登記成爲要在裴隆預定發表演講的講台上報導的記者團成員之一，到這裡爲止是回憶中眞實的部分，而當裴隆黨內的左右派份子開始互相射擊時，他跳進樂團座位區裏，藏在低音提琴的琴箱後面，這部分大概是想像。還有我母親告訴我的故事，關於她參加一九七二年裴隆首度返國所舉辦的遊行時，她如何穿著白色的褲子，穿越屠宰場河那洶湧及腰的腐臭河水，接著只能被迫把褲子扔掉的故事，還有她與她的朋友們在裴隆於一九七四年七月一日當天過世的故事，在毫無停息的濕冷大雨中，弔唁的人龍排得好長，等著要與偉人道別，雨水恰好遮掩他們的眼淚；還有許多群眾，自動自發地靠過來，在惡劣天候中分派咖啡和食物，給那些等候瞻仰遺容的年輕人，據我母親所說，這些年輕人從未遇見過這樣惡劣的氣候。之後他們坐上火車，寒氣及冰雨不斷地從火車的破車窗中滲透進來；我還記得接下來幾個月，甚至幾年之內發生所有的死亡案件；還有悲哀與哭泣與那種一切都完了的感覺。我也記起我雙親的一個同志的死，有一次他們告訴我這個故事：那是在一九七六年一月，父親把母親帶到我祖父母家中，讓她暫時躲藏在那裏。把她帶到那裡之後，父親告訴她：如果在一個禮拜之內，妳都沒聽到我的消息的話，妳們就不用再找我了，於是我母親留在那個城鎮，跟我的祖父母在一起，整天閉著眼睛在房子裏漫無目的地走動著，就這樣過了一週。之後，則是面對這正在發生的一切的無力感，以及恐懼，那種我從小以爲雙親未曾經歷過的感覺，實際上他們比我想像中了解更多，因爲他們始終與恐懼共同生活、對抗它，並在恐懼中支撐著我們，就像那些在醫院的房間中，支撐著剛出生的小嬰兒的父母親一樣，將他高高舉起，因爲他們想讓這個新生兒與環繞著他的空氣合而爲一，將他環繞，好讓他能夠活下去；更令人恐懼的是，他們的組織已經瓦解了，在那個年代裡，缺乏組織等於缺乏控制、缺乏方向、缺乏與他人之間的情感關係與友誼，由於他們無法再次與朋友相會，以避免被解讀成想回頭反抗獨裁軍政府的風險；恐懼之外，記得的還有孤寂，還有寒冷。還有那些私密的儀式，註定在我們所有人生命中留下痕跡的儀式，特別在我們那時還是小毛頭的孩子們身上：我們被排除在各種慶祝活動之外、使用電話時的注意事項、如何區分自己人與外人、父親如何每天早上先去發動車子、我的弟妹們手牽著手在街上走，繞開人行道上的突起物與土堆、我面對著車流方向走，每次一瞄見警方的巡邏車就把頭低下來、與我的父母親及弟妹一起分享寂靜、每次看見我父母親與他們當年的同志會面，那些痛苦或甜蜜的回憶蓋過了他們的聲音時（不過那是多年之後的事了），我多少感到困惑。那些回憶不斷地混合、不斷地混合，直到變成對我來說難以解釋的事物，也許對於他們的孩子來說這也是無法想像的事；那是我父母親與他們的同志之間的一種情感，一種團結感，一種忠誠感，遠超乎於現在他們之間的差異。我將此歸因於一種情感；如果我曾經與他人共同分享某種基本的，唯一的經驗時，如果（這當然聽起來很蠢，或是很哲學，但是其實完全不然）我願意為了他們獻出我的生命，他們也願意為了我獻出他們的生命時，我對他人可能也會有這樣的情感。回憶中還包括了所有他們曾經使用過的假名，更正確地說，是在組織裏使用的化名，包括我父母親的同志，以及我父母親至今仍然使用的假名。

20

還有一句話，是印在一張很著名的剪影上的。每一個阿根廷人都認得出這張剪影，因爲這是胡安·多明哥·裴隆的側臉剪影。這張剪影有人熱愛有人痛恨，但是可以用它來替代在學校裏面，老師強迫我們描畫的阿根廷國界地圖，因爲它是阿根廷最有特色的代表圖像之一。那句話，嗯，是裴隆自己講的，它出現在我父母親家裏的起居室牆上，因此這句話變成了一種使命，我們被迫要把它背起來。我還能記得：「身爲命運之人，我認爲無人能逃離他的命運。但是我認爲我們可以協助它，鍛鍊它，把它變成對我們有利，直到它成爲勝利的同義字。」

21

對於這樣的使命，我能夠做甚麼？我的弟弟與妹妹，還有那些我未來將會認識的人，包括我父母親組織成員的兒女們，以及其他組織的成員的子孫們，又要用它做甚麼？我的雙親與同志們都迷失在一個巧取豪奪、冷感的世界裏；他們都是一支多年前就已戰敗的部隊成員，而我們連他們打過的戰役都記不得，至今我們的父母親還不敢面對面地互相看看對方的臉。古希臘歷史學家色諾芬曾提到這樣一支軍隊的歷史：大約一萬名希臘士兵未能成功將小居魯士送上波斯帝國的皇座，因此他們必須穿越四千公里長的敵軍領土，直到在希臘殖民地特拉布宗找到棲身之地爲止，在這段歷史上最恐怖的長征之一的路途上，他們不斷地遭到敵軍騷擾。色諾芬提到的長征大約花了一年時間。但若要了解發生在我們身上的事，實際上的範圍有多寬廣，必須把這趟長征想像成橫越數十年的一場旅程，而那些士兵的兒女們，在穿越敵軍領土上的沙漠，與白雪靄靄的高峰的敗軍軍旅途中成長，身上背負著無可避免的失敗重擔，就連一段曾經幻想勝利在望，失敗遙不可及，可堪回憶的慰藉也沒有。當他們抵達特拉布宗時，色諾芬的一萬大軍只剩下將近一半，也就是五千人。（譯按：詳見色諾芬之著作「長征記」）

22

我自問我們這一代能提供些甚麼，當我們設身處地，面對我們之前的那一個世代，也就是我父母親那個世代時；他們是如此地享受絕望，如此渴求社會正義。那個世代無意之間強加在我們身上的道德標準，不是很可怕嗎？你要怎麼殺掉你的父親，當你的父親已經死去，或是在很多案例中，他是爲了守護一個我們認爲正確的理念而死，雖說他實行這個理念的方式有點偷懶或是笨拙或根本是錯誤的？有甚麼方法能達到他們那一輩的標準呢？除了跟他們一樣打一場並不明智，未打先敗的戰爭，伴隨著絕望驕傲，無能爲力卻又愚蠢的青年們獻祭的歌聲，大步邁向獻祭場，大步邁向與國家的壓迫體制爆發內戰的懸崖，除此之外，又能怎樣做呢？這個國家在最深層的本質上，一向是個保守的國家。那些發生在我父母親及我的弟妹及我身上的事，讓我從來都不知道家是甚麼，家庭又是甚麼，甚至當所有的跡象都指出，兩者我曾經都擁有過。有一次，我的父母親與我發生了車禍，一件我到現在爲止都記不起來或是根本不想記起來的車禍：有個東西擋住了我們面前的道路，我們的車子翻滾了幾圈，衝出了公路，接著我們在原野上漫無目的地走動著，腦中一片空白，把我們幾個人連結在一起的，只有這件共同的經驗。在我們背後有台翻覆在一條鄉村道路路邊的車子，座位上及草皮上有著斑斑血跡，我們的衣服上也有血痕。但是我們沒有一個人想要回頭看；然而那才是我們該做的事，這也是我現在打算做的事，當我在一間外省的鄉下醫院中緊緊握著我父親的手時，我這樣想著。

24

一段與我妹妹之間，在醫院的夜間對話：我問她關於我在父親的文件中所找到的那張名單上面的人名，那些名字是我父親首次發行的報紙的一部分，還有爲何阿莉西亞・布爾迪索會在名單上。那些名字都是鎮上的人，我妹妹這樣回答。名單上有很多人參與了政治活動，其中一個參與的人就是阿莉西亞。於是我說：這就是爲何父親想找到阿莉西亞的原因，雖然已經過了這麼多年；因爲是他把阿莉西亞帶進政治圈的，但是如今他活下來了，她卻已經香消玉殞。我妹妹把手伸過來放在我手上，然後走向走廊的盡頭，我看不見的地方。

27

在父親的一本書裏，我找到了關於阿莉西亞．拉奎爾．布爾迪索最後被目擊，仍活在人間的消息。父親用顫抖的手，以鉛筆寫下字跡：「警察總局，電信通訊部，消防局與體育學校，以上全部都位於（土庫曼省）首府。軍火廠『米格爾．德．阿斯奎那嘎』，鄰近之少年看守所與汽車旅館。在省內的新巴伐利亞、盧瑞斯、小邊界等城鎮……雙重鐵絲網，守衛與警犬、直升機起降場、守衛塔等等……來到上述這些地方的被拘捕者，大部分只停留一段短暫時期，之後就會被轉送。有人嚴重懷疑，所謂的轉送就是將這些囚犯處決。『囚犯都是以私人汽車送到〈小學校〉來的，不管是被塞進後車廂、塞到後座或是躺在車廂底板上。他們被送出去時，也是用同樣的方法。根據少數幾次走漏的風聲，這些囚犯絕大部分都被處決了。如果有人在拘留期間死亡，晚上就會用軍隊裏的毛毯包一包，塞進私人汽車裏，開到不知名的目的地去。』（憲兵安東尼歐．克魯斯之證言，檔案4636號）『被判死刑的人，脖子上會被綁上一條紅色帶子。每天晚上都會有一輛卡車開來，把那些死刑犯帶去集中營。』（政治犯費爾明．努涅斯的證言，檔案3185號）……位於省首府聖米格爾德土庫曼市中心的警察總局，原本就是刑求政治犯的場所，現在又變成了秘密拘留所。當時的警察總局局長是馬力歐．阿爾比諾．齊默曼中校……他的副手們是警局督察長羅貝多．耶里貝爾多．阿爾波羅斯、荷西．布拉西歐，與大衛．費羅兩名警長。軍方透過一名軍督察，保有對於此地的控制權。321安全區的負責人，安東尼歐．阿瑞卻阿中校，隸屬於第五旅，他會來參觀警察總局，並實際參與刑求。附近鄰居都能聽到受害者抱怨哀求的聲音，有時還可聽到用來威嚇犯人，模擬槍決的機槍聲，當然有時槍聲是來自眞正的槍決。」

28

在警察總局這個刑求中心裏，阿莉西亞・布爾迪索最後一次爲人所目擊。我的父親用紅墨水在這個名字下面畫了線。那道紅線的線條看起來像是一個洞或是一道傷口。

30

看到這些資料後，我才了解我以前做的那些夢都是給我父親與我的警告或建議。在夢裏verschwunden（失蹤的）變成了Wunden（Wund傷痕的複數），那就是發生在我父親身上的事；而verschwiegen（沉默）變成了verschreiben（開處藥方），則是與發生在我身上的事有關。我想，現在該是結束這一切的時候了。當那些藥片慢慢地在馬桶裏的水溶化，將它們毫無來由的快樂訊息，帶給整個下水道網絡末端河水中，那些張著小嘴，接收著這一切的魚兒們時，我正想著我該找一天與我父親談談，如果說這還有可能的話；然後弄清楚一切的問題，如果他與我有天還能再次聊天的話。至於這個作業，這個調查我父親以前到底是怎麼樣的一個人的作業，將會讓我忙上好一陣子，也許得等到我自己也成爲人父的那天才能完成。而沒有任何一種藥可以替我完成這項作業。我也了解到，我必須寫下關於他的事，而寫下他的事不只是用來調查他到底曾是怎樣的一個人，**而是用來了解要如何書寫你的父親，如何成為一個調查你父親的偵探**，收集所有找得到的資料，但是不急著去論斷他，然後把這些資料交給一個我不認識，也許未來也無法認識的公正法官。我想起那很不幸地適用於此情形的失蹤者寓言，關於他們的下落、他們家人與試著補償那無法補償的經驗的寓言；這又讓我想起在這整個故事中，除了那對失蹤的兄妹外，第二個對稱性：我的父親與我都在尋找另一個人，我尋找的是我的父親，而我父親尋找的則是阿爾貝爾多·布爾迪索，但是他真正在尋找的是阿莉西亞·布爾迪索；她是我父親青少年時期的朋友，並且和他一樣，在我們之前討論的這段時期中熱衷於政治活動，同時她也是記者。但是她死了。我父親開始尋找他失去的朋友，而我在毫不知情的狀況下，也在之後不久開始尋找我父親。這是整個阿根廷的宿命。我也自問這是否是一件政治作業，少數幾件對我們這個世代有重要性的作業。我們這一代人曾經相信自由主義派的經濟計畫，但是它卻在一九九〇年代將大部分的阿根廷人丟進窮困中，讓他們說一種不知所云，還必須打上字幕才能聽得懂的語言。這個世代曾被灼傷，但是我們不能忘掉其中的一些成員。有人曾說過，**那群在一九七〇年代曾奮戰過但是卻敗下陣來的青年們，他們的孩子將會是這群青年的後衛**。我也考量過在我們身上的使命，以及要如何實際地執行它。所以我想到一種好方法：之後總有一天，我會將一切發生在我父母親與我身上的事情都寫下來，等著某個人自覺被我的故事與質疑所問倒，然後開始他自己的調查，調查那一段對我們之中的某些人來說，似乎尚未結束的時期。

31

有天，我接到了我任職的那間德國大學的電話。那是一個女聲；我想像那聲音從一道挺直的脖子中湧出，由一個小小的下巴一路延伸至襯衫領口微開的脖子，在一間有著咖啡香與舊紙味，充滿了植物的小辦公室裡；因爲每一間德國的辦公室都是這樣。她告訴我，我必須回到工作崗位，否則他們會被迫中止我的合約。我要求她給我幾天時間讓我考慮一下；我從話筒中聽到我自己聲音的回音，它講著一個外國語言。於是那女生同意了，掛掉電話。我想著我有兩天的時間來決定要怎麼做。但是我也明白我並不需要多想：我人就在這裡，我有一個故事可寫。這個故事可以寫出一本好書來，因爲它是個懸疑推理故事，而且還有個英雄人物、一個追殺者與一個被追殺的人。我已經寫過這樣的故事了，還可以再寫一次。不過，我也清楚，這個故事必須用另一種方式來書寫，用回憶的片段、用喃喃低語、用歡笑、用哭泣來書寫；而且只有我能寫出這個故事，因爲它已經是我下定決心要尋回的記憶中的一部分，不管這樣作是爲了我自己、爲了他們或是爲了那些跟隨我們的人。當我站在電話桌旁，想著這些事時，我看見天空又開始下起雨了。我告訴我自己，我要寫下這個故事，因爲我父母親與他們的同志的事蹟，不能如此就被遺忘；因爲我是他們兩人聯手生下的孩子；也因爲他們的作爲值得讓大家知道，是因為他們的精神，而不是我父母親與同志們所採取的那些正確或錯誤的決定；否則他們的靈魂，會在雨中繼續往上爬，直到攻下天堂爲止。

32

有人曾在某個場合說過，有一分鐘會逃離時鐘，以讓那一分鐘從不會來到：那一分鐘就是當一個人死去時的那一分鐘。沒有任何一分鐘想要當那一分鐘，於是它們會逃走，離開時鐘，還一邊裝出白癡表情，邊用它們的指針比著各種手勢。

33

也許就是因爲如此，就是因爲那一分鐘不願意成爲某個人吐出最後一口氣的那一分鐘，結果我的父親並未過世。在最後的時刻，有些甚麼東西讓他決定緊抓住一線生機，於是他睜開了眼，而那時我剛好在他身旁。我想他想要說些甚麼，但是我提醒他：你的喉嚨裡還插著根管子，你不能講話。他看著我，然後閉上了眼；看起來似乎他終於能夠好好休息了。

35

我最後一次到醫院去時，我的父親還無法張口說話。但是他已經恢復了意識，脈搏也穩定下來了。他看起來很快就能夠開始自行呼吸，不再需要呼吸器了。我母親讓我們兩人獨處，我想著我得跟父親說些甚麼，我得告訴他，我發現了他對那一對失蹤兄妹的搜尋；還有那讓我恢復了記憶，還有我決定要開始回想起一切，決定要尋回那一段屬於他以及他的同志們，也屬於我自己的歷史。但是我不知要如何做。這時我記起我身上帶著一本書，於是我開始把書唸給他聽。那是一本迪倫·湯瑪斯的詩集。我一直念著，直到由病房窗戶透進來的光完全熄滅爲止。當整個房間暗下來時，我以爲我可以在黑暗中開始哭泣，而不需要擔憂父親會看見，所以我就在房間裡哭了好長一陣子。我不知道父親是否也在哭泣。在黑暗中，我只能辨識出病床上他紋風不動的身體以及他的手，因爲我正緊緊抓住他的手。當我終於能夠再次開口，說出話來時，我告訴他：你要堅持下去；你我兩個人得好好聊聊，但是你現在沒法開口，而我也無法開口。但是，有一天也許我們做得到，不管是用甚麼方式，而你要堅持下去，直到那一天到來。然後我鬆開了他的手，走出房間，繼續在走廊上哭了一會兒。

36

那天晚上，在我搭上飛機前，我與我母親一起看照片，那是我父親在我小時候用拍立得相機拍的。照片裡的我已然模糊。很快的，我的過去就會完全被抹消，而我父親與我母親與我的弟弟妹妹與我都會結合在一起，結合在完全的消失中。

37

當我們看著那些的確是在我們指間，變得越來越模糊的照片時，我問我母親，爲何我父親想要尋找阿莉西亞・布爾迪索，以及他想找到什麼。我的母親說，她和我父親兩人，始終希望他們的同志，以及那些曾經與他們肩並肩奮鬥的人、那些他們曾認識的人、與那些他們來不及認識的人、那些因爲最基本的安全守則之故，所以只知道對方假名的人（他們使用的假名就像我父母親使用的一樣荒謬），那些所有的人，都未曾英年早逝。你父親並不後悔曾經在那場戰爭中戰鬥過，他後悔的是沒打贏。你父親會希望那些殺死我們同志的子彈飛了很遠的距離，而不只是區區幾公尺而已；他會希望那些子彈必須得飛過千萬公里的距離，得花上幾十年才到得了，如此在這段時間中，我們都能夠有足夠的時間，做我們該做的事；而你的父親會希望他的同志們可以好好利用這段時間，來生活、來寫作、來旅行，來生下不了解父母親的孩子，做完了這一切之後再死去。你的父親不會在意他的同志們若存活下來，可能會背叛革命與他們所有的理想；這就是我們活下來的人，所做的事情，因爲活著就是有個未來的計畫，爲了從未發生的事而努力；但是他的同志們，我們的同志們，都沒有時間能這樣做。你父親會希望那些殺了同志們的子彈，可以多給他們一些時間，讓他們生活，讓我們的同志們生下一群求知若渴的孩子，會追隨在同志們身後，以了解他們的父母親究竟是怎麼樣的人、他們的所作所爲、他們的遭遇與爲何他們還活在世間。你的父親會希望我們的同志們是這樣的死法，而不是被凌虐致死、被姦殺、被分屍、從飛機上被扔進海裡、沈沒在海底、後腦、背部或是頭部被開一槍，死不闔眼的眼睛，大大地睜著，望著未來。你的父親並不希望自己是少數存活下來的人之一，因爲存活下來的人，是世界上最孤獨的人。你的父親不會在意喪命，如果這可以換來有人能夠記得他，如何決定告訴大家，他與伴隨他一起走到那他媽的終點的那些同志們的故事。也許他曾想過，就像他常做的一樣：「至少留下了一些文字在這世間」，而這些被寫下的文字是個秘密，可以讓我的兒子開始尋找他的父親，而且最後讓他找到。而且當他找到的時候，可以找到跟他父親擁有相同信念的那些人，雖然那是個只會讓他們一敗塗地的信念。希望他在尋找他父親的過程中，可以知道他父親與其所愛的那些人，到底發生了甚麼事，以及這一切爲何都成爲他自己的一部分。希望我的兒子能夠了解，雖然有那麼多的誤解，那麼多的挫敗，還是有一種抗爭，而且它還沒結束；而且這抗爭是爲了眞理，爲了正義，爲了照亮所有還身處於黑暗中的人。就在她將相簿闔起來之前，我的母親這樣說著。

40

有時我還會夢到父親與我的弟弟妹妹：消防車從地獄的漫漫長路經過。我想著那些夢，把它們記錄在一本筆記本中，然後保藏好。這樣它們就會留在那裏面，就像我七歲時的生日照片：我在照片裡笑著，微笑中缺了兩三顆牙。那些夢如此消失在現實中，就是給大家一個更好未來的承諾。有時我不免想著，也許就算是我也無法講述他們的故事，但是無論如何我都必須試試看。有時我也會想著，就算我所得知的故事是不正確或錯誤的，不過它有權存在於這世間，因爲它也是我的故事，而且我父母親與他們的幾位同志也還在世。如果這是眞的，即便我不知如何講述他們的故事，無論如何我還是必須這樣做，逼迫他們出來糾正我，用他們自己的話語來糾正我，讓他們說出他們的兒女從未聽過，不過我們必須發掘出的話語；如此一來，他們留下的遺產才不會殘缺不全。

41

有一次，父親與我到深山裡去。父親開始向我解釋，如何觀察樹幹上青苔生長的狀況，與一些星星的位置，以弄清自己的方向。我們身上帶著繩索，父親想要教我怎麼樣在樹幹上綁繩索，然後用繩索爬上或爬下一座山崖。他也跟我解釋如何在山野中偽裝以隱藏自己的行蹤，如何快速找到一個讓自己可以藏身的地方，還有如何能在山中移動，而不被察覺。當時對我來說，我並不覺得這些課程有甚麼特別，但是當我闔上父親的文件夾時，那時的記憶又回到我腦海中。我才想起父親在山中，當我們玩著我無意間被迫捲入，荒誕不經的游擊隊遊戲時，其實想要教我的是如何存活下來。我不禁自問：存活，是否是在這些年來，我父親唯一想要教我的事？父親在我身上看見一個體弱多病，可能毫無抵抗能力的孩子，也許他小時候也是如此的一個孩子吧。於是父親想要讓我堅強起來，藉由在我眼前展現這個本質悲慘的大自然最殘酷的一面。因此，當我們到鄉下去時，我必須親眼目睹屠殺牛、雞隻與馬匹的過程；這些原本是鄉間風景的一部分，但是卻在我心中留下不可磨滅的恐懼。在我面前展現世界的殘酷本質，與生死之間小到不能再小的距離，並未讓我變成一個堅毅的孩子，反倒是在我心中留下了一種無法詮釋的恐懼，而這份恐懼從那時起就一直陪伴著我。好吧，也許直接面對恐懼，是我父親所選擇，以讓我不再恐懼的方式；也許這樣展示的目的，是讓我能夠在面對恐懼時無動於衷，或是剛好相反，是讓我能夠對我自己的恐懼有足夠的意識，才能自己照顧自己。有時我會想像父親站在阿爾貝爾多·荷西·布爾迪索的遺體被尋獲的那口井旁，想像著我站在他身旁。父親與我兩人站在一棟房屋的廢墟之中，距離一條少有人跡的鄉間道路約三百公尺遠。這棟房子只剩下幾面牆壁、以及散佈於苦楝、女楨樹與野草之間的幾堆磚塊與瓦礫，而我們父子兩人就站在那兒，看著黑暗的井口。井裡躺著阿根廷歷史中所有的死者，所有那些孤苦無依，貧賤殘弱的人。那些人之所以死，是因爲他們嘗試用一種也許正當的暴力，想反抗另一種本質上即非公義的暴力；而阿根廷的國家體制把他們全部都殺了；這個體制統治這個國家，一個只有死人會去埋葬其他死人的國家。有時我會記起父親與我在一個樹木不高的林子中漫步，我想像那座林子是恐懼的森林，而我們兩人現在仍然還在林子裡，他仍然在林子中導引我，也許有一天，我們眞的能走出這片林子。

後記

從書中所提到的那段時間到今日之間，關於阿莉西亞．拉奎爾．布爾迪索與她的哥哥阿爾貝爾多．荷西．布爾迪索兩人的下落，有了更多的新發現：歐沙里歐的首都報於二○一○年六月十九日刊出一篇報導，其中提及聖塔菲省第六刑事法庭將琪賽拉．哥多瓦與馬爾可．布羅切羅兩人因惡意預謀殺人罪判刑二十年，而胡安．哈克則因殺人罪獲判七年。根據這篇報導的作者馬爾賽羅．卡斯塔紐斯與路易斯．愛米力歐．伯蘭可，法院認定此案細節如下：

於六月一日星期日天剛亮不久，當時二十七歲的琪賽拉．哥多瓦，與其夫婿，時年三十二歲的布羅切羅，以及當時六十一歲的哈克，偕同布爾迪索，一起往鄉間出發。他們共乘一部藍色標緻504，直到抵達一棟距離市郊約八公里的廢棄房屋。其藉口爲撿拾柴薪，以供眾人烤肉使用。被告與受害者常在野外烤肉。

……法院認定稍後於當天早上，當行經一座枯井時，布爾迪索被推落十二公尺深的井內，並撞到井底。他撞斷五根肋骨，一邊肩膀脫臼，另一邊則骨頭斷裂。根據法醫解剖，受害者負傷在井內存活了三天，直到布羅切羅回到案發現場。當他發現布爾迪索還活著時，他推倒井口的護欄，將瓦礫丟進井內，並將更多沙土、建築廢土、鐵皮與樹枝扔入井內。

被害人慘遭活埋。此案駭人聽聞之處在於法官解剖時發現死者口腔與呼吸道中，均有廢土之存在，亦即死者曾嘗試著在被倒入廢土之井中呼吸。』來自法院之消息來源說。解剖結果指出其死因爲：『因壓迫窒息而死』。

……這對現遭判刑的夫妻，從許久之前即不斷侵佔死者，這位酢漿草鎮居民的財產。哥多瓦假裝愛上死者布爾迪索，死者先前所領得超過二十萬之補償金，其中大部分均為哥多瓦佔為己有。

透過各種捏造藉口，哥多瓦逐漸侵吞布爾迪索賣掉名下一棟房屋所得款項，以及其名下之汽車。同時她也拿走死者家中之家具與電器，以及其任職於酢漿草俱樂部之大部份月薪……在其失蹤前一週，哥多瓦向一名綽號爲「烏拉圭佬」的男子提及，願意將死者之住宅租給他……在死者失蹤當天，哥多瓦將前述住宅展示給「烏拉圭佬」看，之後兩人並簽署租賃契約。

該名女性並自認爲是布爾迪索所持有之壽險的受益人，因此在殺害死者之後，她要求哈克將其屍體挖出，並將其棄置於某地，以讓人發現，便於申請保險賠償。但哈克並未接受其要求。

本殺人案之審判（由聖荷爾黑司法感化法庭地方法院院長埃拉迪歐．賈西亞負責）持續至二〇〇八年九月。審判期間共有十七人遭拘留，其中三名嫌犯遭判刑，其他人則無罪釋放……

至於阿莉西亞·拉奎爾·布爾迪索的下落，與數以千計，在阿根廷最後一個軍事獨裁政府期間失蹤的人一樣，更加難以確認。但是她的名字又再度被提起；這次是由土庫曼省聯邦口頭法庭在審判獨裁政權官員魯西安諾·班哈明·美能德斯的過程中，一位證人所提到的。根據他的證言，他曾在土庫曼省首府聖米格爾的警察總局中之秘密拘留中心看過阿莉西亞。他的證詞有一九七七年土庫曼省警方情蒐組所編訂的遭拘留者清單爲佐證（當時其負責人即爲美能德斯），清單中詳細載明每個遭拘留者之下落。阿莉西亞於前述年份在警局中遇害。審判中，以下被告遭判刑：前土庫曼省警察總長「獨眼龍」羅貝多·耶里貝爾多·阿爾波羅斯（無期徒刑）、前警官路易斯·德·坎迪多，因參加非法組織、非法入侵民宅、非法剝奪人身自由、侵佔不動產等罪名而被判處十八年徒刑；其弟卡洛斯則因侵占受害者住宅而遭判緩刑三年。而至今遭判第四次無期徒刑的美能德斯之罪名則是「非法入侵民宅、非法剝奪人身自由、加重虐待、虐待致死、加重預謀殺人」。在此次審判中，八十四歲的原省長安東尼歐·多明哥·布席也開始遭納爲被告，但最後考量其健康因素，導致審判中止。兩名軍人被告，七十六歲的馬力歐·阿爾比諾·齊默曼，與八十一歲的阿爾貝爾多·卡沓聶歐，則分別於二〇一〇年三月及五月過世。這也說明了這些司法審判急迫的必要性；以及私人的審判，也就是調查我們之前的那一個世代，究竟是怎麼樣的人這項工程，同樣地是多麼地急迫。而這，也是本書的主題。

雖然本書中提及的事件大部分均爲事實，但有些仍爲因應小說故事情節需要之變動。因爲小說的規則與其他種類的文學，像是歷史見證，或是自傳等有所不同。在這方面，我想舉西班牙作家安東尼歐·姆紐斯·摩利納（Antonio Muñoz Molina）有次曾說過的話，聊爲提醒與警言：「只要一滴幻想，就會把一切染成幻想」。在讀完本書的初稿之後，我的父親認爲無論如何都應該提出一些註解，以提出他對書中提及的事件的看法，以及訂正一些錯誤之處。這些註解的原文，也就是本書一開始想要引發的那種反應之第一手見證，讀者可以在以下網頁http://patriciopron.blogspot.com /p/el-espiritu-de-mis-padres-sigue.html 上找到，標題爲「The Record Straight」（紀錄訂正）。

我想在此感謝曾經協助並鼓勵我寫出這本書的人，以及作品曾經啟發我，或是讓我能作爲參考的作家們，其中包括：埃度阿爾多・德・格拉夏・我也想感謝摩尼卡・卡爾摩納、克勞迪歐・洛培茲・拉馬德里、我在藍燈書屋的編輯群、羅德里哥・佛瑞善、亞蘭・保羅思、格拉謝拉・斯佩蘭撒、米格爾・阿其拉爾、比爾席妮亞・費南德茲、艾娃・昆卡、卡爾洛塔・德爾・阿摩、阿芳索・蒙德謝林，還要感謝安德烈斯・「波蘭佬」・阿布拉摩斯基提供給我關於那逃離時鐘，以避免發生的一分鐘這一段句子。這本書謹獻給我的父母親、格拉謝拉・「亞亞」・星妮、魯賓・阿達爾貝多・「掐秋」・普隆，還有獻給我的妹妹與弟弟：維多利亞與歐拉西歐，同時也要獻給莎拉與阿莉西亞・柯查梅、「阿尼」・古爾都利區與拉烏・坎多爾與他們的同志及子孫們。這本書也要獻給奇西爾・埃切貝利・沃克：

「她對我很好
她無所不知
她知道我心嚮往之處
但是那並不重要」

【前言】

往事不堪回首：集體的歷史創傷

文／陳小雀

戰爭本就令人恐懼，然而，在西班牙、墨西哥、阿根廷等國，還曾發生過被形容為「骯髒齷齪」的戰爭，更加叫人不寒而慄。所謂「骯髒戰爭」（Guerra Sucia），係指獨裁統治者為了鞏固政權，以維護國家安全之名，進行血腥鎮壓、或逮捕異議人士。

地處南美洲的阿根廷，在肉品人工冷藏法發明後，曾是世界重要的牛肉供應地，再加上第一次世界大戰保持中立，經濟因此蓬勃發展，吸引大批義大利等歐洲移民前來。第二次世界大戰後，即便經濟狀況不如從前，阿根廷這片沃土仍是許多移民的首選。在藝文方面，探戈歌手卡戴爾（Carlos Gardel）富有磁性的歌聲，令歌迷如癡如醉；文學巨擘波赫士（Jorges Luis Borge）那充滿形而上學的奇幻風格，以及薩巴多（Ernesto Sábado）、寇塔沙（Julio Cortázar）、普易（Manuel Puig）等人的經典之作，無不驚豔國際文壇。至於政治，裴隆（Juan Perón）以「裴隆主義」掀起民粹旋風，令工人階級為之瘋狂；同時，艾薇塔（Evita）也締造個人神話，一句「阿根廷別為我哭泣」，迴響全球。此外，兩度贏得雷米金杯，阿根廷足球隊名聞遐邇。這正是一般人所認識的阿根廷。

掀開璀璨的表象，阿根廷偏執於「文明」與「野蠻」的二分法，素有以「毀滅」取代「建設」的不良紀錄。羅卡（Julio Argentino Roca）執政時，為了讓外國投資客進駐巴塔哥尼亞（Patagonia），當地無數的原住民因此失蹤、或遭屠殺。同樣，在一九七六至一九八三年的軍政府期間，發生了「骯髒戰爭」，不僅遭政府拘捕而失蹤的人口多達三萬人，軍方甚至強行出養失蹤者的子女，妻離子散的人倫悲劇再度上演，成爲阿根廷政治史上的污點。爲此，一群母親在阿根廷首都布宜諾斯艾利斯的五月廣場，勢單力薄卻以無比的勇氣抗議政府，要求公布失蹤者的下落。處於絕望的年代，母親在五月廣場上的聲聲吶喊，彷彿昭告天下，母親溫柔的懷抱永遠爲失蹤的孩子留下位置。

曾幾何時，「失蹤者」（los desaparecidos）竟然成爲專有名詞！失蹤者可能早已化爲沒有墓碑的幽魂，在死去之前應該受盡凌虐。被強行出養的孩童，遭清空了記憶，也成了另一批失蹤者，散居各處。活下來的人不見得好過，上窮碧落下黃泉，不斷找尋失蹤親友的幻影，直到發狂也不願放棄。那段揮之不去的歷史創傷蠹蝕著阿根廷社會，不少人寧願患了失憶症，將自己鎖在心牢裡，以逃避現實。對此，烏拉圭作家愛德華多．加萊亞諾（Eduardo Galeano）以一則〈說故事的女人〉，披露逃過死劫的西西莉亞，如何過著行屍走肉般的生活。原來，當年西西莉亞受不了拷打而供出西爾維娜的下落，使懷了身孕的西爾維娜與丈夫遭逮捕，並就此失蹤，而西爾維娜的老母親至今仍在尋覓兩人，以及肚子裡的孩子。的確，這是一個讓生者、死者都備受煎熬的時代故事。

作家乃時代之子，有責任書寫時代的故事。誠如拉丁文諺語：「語言稍縱即逝，唯有文字雋永流傳。」文字不僅爲人類延續歷史，更能宣洩感情，甚至有揭發事實的功用。於是，自一九八〇年以降，阿根廷作家紛紛以「骯髒戰爭」爲題材，雖然切入角度各有特色，卻不約而同融入電影手法，寫下一系列頗具似眞性的作品。例如，普易爲《蜘蛛女之吻》（*El beso de la mujer araña*）披上情色外衣，同時重建失蹤者在陰暗牢房內如何面對酷刑與死亡。透過文字的力量，作家試圖讓遊蕩的幽靈得到安息、爲那些被清空記憶的孩童還原歷史。

「骯髒戰爭」題材方興未艾，不讓五月廣場的母親孤軍奮鬥，年輕一代的作家也相繼投入，帕德里西歐・普隆（Patricio Pron）即爲其中之一。集優秀作家及出色記者爲一身，普隆發揮記者的敏銳觀察力，以及追查眞相的本事，運用成熟的敘事技巧，創作出《父親的靈魂在雨中飄升》（*El espíritu de mis padres sigue subiendo en la lluvia*），重新詮釋這段不堪回首的歷史創傷。普隆以第一人稱的「我」爲敘事者，藉主人翁的返鄉凸顯離散氛圍，也透過主人翁的病態、矛盾、荒謬和噩夢，投射阿根廷的抑鬱靈魂。

文本中鋪陳了數個對稱的情節，或爲彼此呼應、或爲相互補述，隨著劇情高潮迭起，故事眞相呼之欲出。主人翁在異鄉八年，藉藥物使自己產生失憶症，以此對照軍政府那八年的殘破與缺陷。父子的互動情形貼切勾勒出阿根廷人的典型性格，與其說兒子對父母過去漠不關心，不如說父母的個性相當壓抑，驕傲的外表下，卻交織著陰霾與憂鬱，不願面對但又不能不正視史實。跳針式地不斷重複父母書房內藏書，看似無關情節，其實間接說明父母的政黨傾向，以及時代的政治環境。突兀穿插母親的絞肉麵包食譜，以食物訴說親情、鄉愁，並藉食譜凝固記憶，將時間化爲永恆。一樁二〇〇八年的失蹤案，回溯了阿莉西亞・拉奎爾・布爾迪索的故事，以今日重視人權的情境對比昔日人權不彰的專制。

主人翁藉回憶、夢境、獨白，再透過剪報線索和照片資料，找尋父母記憶之際，不僅拼湊出失蹤者的故事，也發現一個令父母心痛的祕密！除了鏤刻在親友的腦海裡，透過文學創作，包括阿莉西亞在內的失蹤者們，終於不再被世人遺忘！

本文作者爲：墨西哥國立自治大學拉丁美洲研究博士、淡江大學西班牙文系、美洲研究所教授、淡江大學外語學院院長。

【譯者導讀】

阿根廷近代史：由虛華至凋敗

文／林志都

前言

邁入二十世紀初期時，阿根廷的未來似乎一片光明：不到三十年前，大約在一八八四年結束的沙漠征服戰役（Conquista al desierto）中，政府軍擊垮了彭巴草原上的原住民，並將其土地納入各大牧場主人手中，使得廣大的彭巴草原能夠完全發揮農牧業的生產實力，讓阿根廷成爲名符其實的世界糧倉：在鄉間，大量的牛肉、小麥與大麥被送到歐洲，供給因工業革命與公共衛生改善所帶來大幅成長的人口。之後爆發第一次世界大戰，更讓維持中立的阿根廷得以大發戰爭財，大量銷售肉品與穀物給交戰雙方國家；政府依照當時公認世界上最美的城市——巴黎，規劃首都，讓布宜諾斯艾利斯有了棋盤式街道與全世界最寬的大道，即「七月九日大道」（Avenida 9 de Julio）。大批來自歐洲與中東的移民在林蔭夾道的美麗大道上摩肩接踵，他們帶來了新技術與新觀念，改善了阿根廷的工商業結構，並成爲這個新國家的中產階級。阿根廷成爲義大利以外，最多義大利人的聚居地；這樣規模龐大的人口移動不僅改變了阿根廷的語言，許多義大利人特有的字彙與手勢紛紛納入了原本使用的西班牙語，也使得首都布宜諾斯艾利斯成爲西語國家中最大的城市。一九一三年拉丁美洲與南半球間的第一條地鐵線在布宜諾斯艾利斯啟用，當時日本爲了建造國境內第一條地鐵，還特別派遣工程師至阿國考察。一九〇八年，以國民生產毛額（GDP）計算的話，阿根廷是世界第七大富有國家，比德國、法國與加拿大更加富有。即使到了一九二八年，當歐洲國家於一次大戰後經濟復甦之際，阿根廷的國民生產毛額仍佔世界第十二位。在一九二〇年代，巴黎還有種說法：「跟阿根廷人一樣有錢」。國名起源於拉丁語「銀」（argentum）的阿根廷，較以當時的國運算是「名符其實」。

二〇一二年，根據國際貨幣基金會IMF的評比，阿根廷的國民生產毛額已今非昔比，排名世界第六十位。在這一百年時間裡，究竟發生了甚麼事情？

一九八六年，當筆者首次到達阿根廷時，一下飛機映入眼簾的是一個空洞洞的大機場，毫無任何國際機場常見的裝置藝術，就連免稅店與餐廳也只有一兩間。從機場到首都的路上只有無盡的草原；偶見幾間破舊的工廠或磚瓦平房，還蠻符合一般人認知裡中南美洲破敗落後的印象。但是一切景觀在進入首都後完全改觀：寬敞的街道、夾道的行道樹、便捷的大眾交通系統與棋盤式街道上清楚的街道名稱標示，讓外地人也能在語言不通的情形下，方便地在市區觀光或通勤；林蔭大道上有著法國名雕刻家羅丹的公共裝置藝術，及可與巴黎比擬的宏偉建築。影星富豪們每隔幾個月就來往邁阿密大肆採購；據說還常發生行李過重，班機無法起飛的窘事。但是這些過去的壯麗，與富人們的豪奢，遮掩不住市中心一間間大門深鎖的招租店鋪，與許許多多睡在門前的遊民，和滿街的破舊車輛。在阿根廷，在布宜諾斯艾利斯，年少的我第一次深刻地了解到甚麼叫作貧富差距。

這樣強烈的對比，就是讓外表看來曾經富有的阿根廷，陷入長期政經與社會動亂的主因之一。以農牧出口爲主要外匯來源的經濟結構，自殖民時期起，幾乎未曾改變，因此直到二十世紀初期，財富仍集中在少數農場主人手中，複製了西班牙於殖民期間建立的政經體制。

然而主要由移民所組成的中產階級，引進了來自歐洲共產主義、社會主義與法西斯主義的觀念，成爲中下階級對抗既得利益者，爭權奪利的工具。此外，軍隊一直有干政的傳統。在這樣的歷史關口，胡安・多明哥・裴隆（Juan Domingo Perón）躍上了政治舞台，並影響了阿根廷至今的政治與經濟。

政變者——裴隆

胡安・多明哥・裴隆出生於一八九五年，家族與千千萬萬的阿根廷人一樣，有著來自歐洲許多國家與地區（西班牙、薩丁尼亞、巴斯克、英國），及當地原住民的血統。雖然其先祖曾爲醫師，但是到他父親時，家道已不甚寬裕，因此他從國際小學畢業後，就與同學一起就讀軍校。

一九三〇年，面對全球大蕭條，因爲阿根廷政府採取緊縮政策，導致大量失業的農村人口與低技術性勞工紛紛湧至大城市尋求工作機會，造成社會動盪不安。對此不滿的軍方，在民眾支持下發動不流血政變，佔據總統府。身爲中階軍官的裴隆也參與了這場政變。但是政變後，裴隆不爲當權者所喜，先是遭下放至軍校教書，之後又被派至義大利接受高山作戰訓練，並於一九三九年至一九四一年之間擔任阿根廷駐義大利使館武官。也是在這段期間，他對希特勒與墨索里尼之法西斯主義政府的效率印象深刻，認爲法西斯主義才是「眞正的國家社會主義」。

一九四三年，裴隆加入了反保守派人士的軍中祕密結社「連合軍官組」，參與政變，推翻當時因賄選而當選的保守派政府。裴隆接受任命爲軍政府的勞工部長。利用這個原先不被重視的職位，裴隆與工會人士建立起良好關係，並協助通過許多對勞方有利的法案，還設立了勞資仲裁法庭。因爲這樣的人脈與勢力，使得他當上了軍政府的副總統。因爲大蕭條而湧至大城市的新勞工階級，紛紛成爲他的支持者。勞工總工會（Confederación General de Trabajo, CGT）也因此成爲裴隆日後最重要的政治盟友之一。

二次世界大戰爆發，希特勒向美國宣戰之後，美國就要求中南美洲諸國須同步向軸心國宣戰。其中只有阿根廷政府延續自一次世界大戰以來，堅持中立的歷史慣例，和軍方親德的傳統，甚至打算趁機擺脫自從獨立以來，英國對自身經濟的控制，於是阿根廷選擇維持中立。結果，美國除了要求所有拉美國家立刻斷絕與阿根廷的外交關係外，並宣布對阿根廷進行經濟制裁，同時告知巴西，若巴西想進攻鄰國阿根廷，美國可提供軍艦與軍火。一直抵抗美國壓力的阿根廷軍政府，在面對國內親英派的壓力、美國的壓力與聯軍的節節勝利下，不得不在一九四四年宣布與德、日兩國斷交，並在一九四五年聯軍進逼德國法蘭克福時，才宣布向軸心國宣戰。同時，被視爲親德派的裴隆，也在軍中親英美派系的壓力下，被迫辭去職位，並遭拘禁。但是這樣的舉動被總工會視爲軍方與保守派對勞工階級代言人的迫害，因此總工會與當時裴隆的情人，艾娃．杜阿爾鐵（Eva Duarte），也就是之後的艾薇塔（Evita），立刻策動大規模示威活動，導致裴隆於數日後獲得釋放。當年裴隆就與艾娃結婚。這也成了艾薇塔神話的濫觴。

艾薇塔神話

一九四六年，軍方再次還政於民。認爲自己擁有強大民意作後盾的裴隆，決定投入選舉。雖然代表傳統農牧場主人的國家自立黨、與以移民選民爲主的激進黨、共產黨與社會黨聯手阻擋，但是工會與艾娃的全力輔選，加上裴隆的群眾魅力，他最後仍順利當選阿根廷總統。一上任，裴隆就致力於改善貧苦大眾的生活，強化一向依賴農牧業與食品處理業的阿根廷產業的獨立性。他將國家銀行與原本在歐美財團手中的大眾交通系統、大學與農產採購出口機制，通通收歸國有，並大幅增加勞工福利，建構社會安全體制。在外交上，他堅持阿根廷外交的獨立性，拒絕在冷戰的資本主義西方與共產主義蘇聯之間選邊站，並大量出口穀物至戰後物資匱乏的蘇聯及華沙公約組織成員國。在內政上，他改善公共衛生，並大量投資改善阿根廷的基礎建設。

同時他的第二任妻子艾娃也大力主導社會改革：她鼓吹給予女性投票權，於是自一九四七年起，阿根廷女性享有投票權；透過一九四八年成立的艾娃．裴隆基金會，她利用基金會雄厚的資源廣建學校、國民住宅與配送各式各樣的醫療照護服務，同時她也積極走入人群。爲此她贏得了民眾的支持，大眾並稱呼她爲艾薇塔（Evita，西文原義爲「小艾娃」）。這顯示出她與人民之間的親密程度。儘管在裴隆連任選舉前被診斷出罹患末期癌症，她仍抱病替裴隆助輔選，成爲裴隆在一九五二年順利連任的最大功臣。翌年艾薇塔過世，享年三十三歲。她的神話於焉誕生。之後在英國劇作家韋伯以她爲名的音樂劇，與名曲「Don't Cry for Me, Argentina」的推波助瀾下，艾薇塔成爲廣爲人知、對抗不公不義的象徵，更增添了她一生的傳奇色彩。

經濟起飛，人民富裕；相較於二次大戰後，全球大部分國家破敗的經濟，阿根廷再次成爲世界各地移民人士心目中的天堂：除了大量的歐洲移民外，更有許多的日本移民來到阿根廷。至今許多阿根廷的耆老們，仍然對當時裴隆每戶均發放一輛腳踏車的政策津津樂道。

但是裴隆的獨裁作風招來了許多的反對者：許多知識份子與大學教授反對裴隆強力介入大學，阻礙大學自治，於是裴隆就將這些反對者全部開除；他對媒體與資訊的嚴格控管與操縱，打壓異議媒體，鞏固自己的造神運動，更讓知識份子們認爲裴隆延續了軍方參政的陋習，也承襲剛剛垮台的法西斯主義掌控人民自由的傳統。阿根廷名作家波赫士就曾指稱裴隆「不過是另一個羅撒斯（Juan Manuel de Rosas，十九世紀獨裁統治布宜諾斯艾利斯省的強人）罷了」，而裴隆爲了羞辱這位作家，竟任命他爲國家市場的家禽檢驗員；在政治上，裴隆解散勞工黨，成立正義黨，並自任黨魁的舉動，讓許多原來支持他的人認爲裴隆正逐步走向獨裁，而裴隆也利用警察單位，針對反對者與原住民大肆進行騷擾、拘捕、刑求甚至鎭壓。因爲通過准許離婚的法律，裴隆得罪了教會。同時在國際間，強烈反共的美國政府認爲裴隆的國際政治中立宣言，以及支持弱勢勞工，對抗中產階級與富人的政策，在在是他企圖在美洲發展共產政權的布局。

政變者恆被政變

裴隆在第二任總統任期內，面臨了國際經濟情勢的變化：美國透過馬歇爾計劃，強化歐洲各國的經濟，也將美國糧食銷往歐洲，成爲阿根廷的競爭對手。此時，裴隆企圖在國內展開的工業化政策並不順利。他壓迫反對者的態度也日漸強硬。反對者於是組織民間游擊隊抵抗，對正義黨（俗稱「裴隆黨」）黨員與政府官員展開恐怖攻擊。一九五五年六月，軍方在反對黨與教會支持下，發動政變，並派出轟炸機轟炸總統府。三百多人死於轟炸中。暴民則焚燒首都多所教會以爲報復。爲避免國家爆發內戰，裴隆這時才願意與反對黨協商，但是反對黨已無意再談。該年九月軍方再次發動政變，裴隆拒絕工會代表開戰的要求，選擇流亡海外。

在裴隆流亡海外期間，軍方再次還政於民，但是裴隆黨被明文禁止活動。裴隆的支持者開始以罷工、破壞工廠設備等手段來表達抗議。而較激進的裴隆黨員，則組成了各式各樣的游擊隊或恐怖組織，展開暗殺綁架等恐怖活動。其中最爲人知的就是有激進左派思想的「志願軍」（Montoneros）。除了一九五五年暗殺使裴隆倒台的政變首腦外，也暗殺所有想與政府展開協議的工會領袖。裴隆雖未公開支持他們，但也未公開批評譴責。這段期間的社會不安與政治動盪，使得軍方也經常發動政變，企圖推翻他們眼中無能的民選政府。直到一九七三年，軍方再次歸政於民，裴隆黨才得以再次參加選舉。雖然裴隆本人被禁止參選。不過他指派的忠心黨員，仍然選上了總統。這位新總統一上任即刻辭職，讓剛回國的裴隆得以再次參選。在裴隆回國時，裴隆黨中的「志願軍」與總工會成員們發生衝突，雙方在至機場迎接的人群中互相開槍射擊，導致十餘人喪生，數百人受傷，這也導致裴隆在選舉後的一次大會中，公開指責「志願軍」成員們是「乳臭未乾的蠢蛋」，使得他們憤而率眾離開。

裴隆以第三任妻子作副總統，於一九七三年再次贏得了選舉。翌年他就病逝了。他的妻子以副總統的身分成爲他的繼任人。舞孃出身的她完全沒有任何管理經驗，只能仰賴與她一樣熱衷於星象學，因此被稱爲「巫師」（El brujo）的社會福利部長洛佩斯・瑞加（José López Vega）主導治國。夾在裴隆黨內左派與右派激進團體之間，雙方武裝鬥爭越演越烈之際，瑞加協助成立極右派組織「阿根廷反共聯盟」，暗殺超過三百名以上的知識分子、政治人物與工會領袖。同樣地，激進左派的「志願軍」與之後陸續出現的左派游擊隊，在暴力紀錄上也不遑多讓，除了暗殺外交官、跨國公司主管、作家與報人之外，也綁架富商勒索贖金；甚至連瑞加所建立的情報組織也冒充左派份子，綁架跨國財團主管以賺取贖金。在整個社會秩序面臨瓦解之際，原先獲得政府授意鎮壓左右派激進份子的軍方，就在反對黨默許下，再次作出他們最擅長的事：成功地發動又一次政變。

最後的軍政府

一九七六年政變後成立的軍政府爲了鎮壓裴隆黨員與左派游擊隊，發動了所謂的「骯髒戰爭」（Guerra Sucia）。大肆拘捕、監禁並屠殺他們眼中的反叛份子。爲了更有效地阻止各國反叛份子的串連，南美各國軍政府在美國的協助下，展開所謂的「禿鷹行動」（Operación Cóndor），互通情資，以更有效地追蹤異議份子。軍政府在各地紛紛設立秘密拘留中心，以偵訊、拘留、刑求異議人士，甚至直接處刑。數以千計的人消失在這場秘密戰爭中，他們被稱爲「失蹤者」（los desaparecidos）。軍方人士甚至領養或搶走這些失蹤者的兒女。

軍政府爲了維持一般中產階級與大眾，對於美其名爲「國家重整過程」的支持，除了強調自身對於恢復社會秩序的貢獻外，也藉由舉辦一九七八年的世界杯足球賽來鼓動民族主義。雖然世界各國代表隊均抗議阿根廷軍政府，但是仍然參賽。阿根廷代表隊不負使命，首度勝利贏得雷米金盃，也成功讓軍政府威望大增。

但是世界盃勝利的鴉片所帶來的快感，無法壓制住軍方拙劣經濟政策造成的民生凋敝，以及政治上的肅殺壓迫所帶給人民的痛苦。很快地，大規模的示威行動，再度重現街頭。無視軍警恐嚇，由失蹤者家屬所組成的「五月廣場母親們」，固定出現在總統府前的五月廣場抗議，要求公佈「失蹤者」們的下落。對此仍不願釋出權力的軍方，決定出兵佔領位於阿根廷外海的英國屬地，福克蘭群島（西班牙文稱馬爾維那斯群島 Islas Malvinas），藉以轉移民怨焦點。

福克蘭群島自一八三三年爲英國佔據以來，一直是英阿兩國間的衝突點，但是衝突幾乎都侷限於外交層面。阿根廷軍政府估算英國不可能出兵至遙遠的南大西洋，只爲了奪回這幾個羊比人多的小島，同時自認在外交上有參與禿鷹行動的南美各國軍政府，以及合作密切的美國撐腰，加上英國與阿根廷一直都有密切的商業往來與投資關係，於是打起如意算盤，想利用這次軍事行動對內宣揚國威安穩政局，對外則可透過外交管道，請美國居中斡旋，與英國協商達到主權共治，甚至讓英國歸還此群島。不料英國首相柴契爾夫人視此次戰爭爲打響個人名聲並捍衛英國國家利益的良機，決定出兵，並與阿根廷鄰國智利軍政府達成協議，由智利軍隊越過安地斯山脈，與英軍東西兩面夾攻阿根廷。漸漸地，戰事初期保持中立的美國也轉向支持英國。英軍艦隊甚至攜帶核武，決定在阿根廷政府不願投降時，以核武攻擊阿國第二大城哥多瓦。腹背受敵的阿根廷軍政府只好將精銳部隊移防至安地斯山脈，不料與阿國一向友好的秘魯竟然調動軍隊至智利邊界，使得智利軍隊不敢越過安地斯山脈。但是武器老舊，士兵多爲新兵的阿國占領軍很快就被英軍擊敗。軍政府也因此在強大的國內外壓力下垮台。

軍政府垮台後，民主政府成立了人權法庭，對軍政府的主事者與許多曾經犯下侵害人權罪刑的軍官與警察進行審判，「骯髒戰爭」的全貌也才得以爲人知曉。本書主角追尋父親一輩故事的背景年代，就是在號稱「國家重整過程」的軍政府期間（一九七六至一九八三年）。這段長達八年、血腥汙穢的歷史，直到今天仍然帶給阿根廷大眾揮之不去的心理創傷與罪惡感，加上近百年來，國內激烈對立的階級衝突與接二連三的無能政府，更加深阿根廷人集體無力的挫敗感。這樣的感覺，很多阿根廷人試著要遺忘，卻無法忘懷，也因此作者在書中以殘缺或重複的篇號，以及重複式，充滿語病與錯字的語言，來代表破碎的記憶與無法忘記的歷史創傷，對個人與大眾造成的影響。其中最令人印象深刻，就是作者如何以血腥殘忍的夢境內容，來影射長年以來，阿根廷國內無解的階級黨派鎮壓與意識型態衝突。

一向被阿根廷視爲較量對象的巴西，近年來經濟蓬勃發展。反觀阿根廷早前因爲黨政府錯誤的經濟政策，造成國家於二〇〇一年底破產；之後雖拜中國與東南亞對黃豆的需求所賜，經濟略見起色，旋即又因裴隆黨政府出爾反爾的政策，而陷入經濟衰敗。隨之而來的社會混亂加深阿國人民的悲觀挫敗。二〇一三年，當阿根廷出了一位教宗時，舉國歡慶，但是這樣的歡樂很快地又再次被挫敗感取代。瀰漫於阿國社會的挫敗感，直到我於二〇〇七年最後一次回到阿根廷時，仍然可以深深地體會到：在同樣宏偉一時的建築前，人們更加地垂頭喪氣，朋友們或是學著探戈曲調的哀怨，搖頭說：「這個國家沒救了。」，或是用阿根廷人特有的黑色幽默挖苦自己：「每當我們以爲這國家已經爛到不能再爛時，政客們總是能夠證明我們是錯的。」。這樣的挫敗感，讀者你是否也很熟悉呢？

藍小說 231

父親的靈魂在雨中飄升

作　者—帕德里西歐．普隆
譯　者—林志都
主　編—嘉世強
美術編輯—空白地區
責任企劃—張燕宜、石瑷寧
董事長
總經理—趙政岷
總編輯—余宜芳
出版者—時報文化出版企業股份有限公司
10803台北市和平西路三段二四〇號三樓
發行專線—（〇二）二三〇六—六八四二
讀者服務專線—〇八〇〇—二三一—七〇五．（〇二）二三〇四—七一〇三
讀者服務傳真—（〇二）二三〇四—六八五八
郵撥—一九三四四七二四時報文化出版公司
信箱—台北郵政七九～九九信箱
時報悅讀網—http://www.readingtimes.com.tw
電子郵件信箱—liter@readingtimes.com.tw
法律顧問—理律法律事務所　陳長文律師、李念祖律師
印　刷—盈昌印刷有限公司
初版一刷—二〇一五年九月十八日
定　價—新台幣二八〇元
⊙行政院新聞局局版北市業字第八〇號

國家圖書館出版品預行編目（CIP）資料

父親的靈魂在雨中飄升 / 帕德里西歐.普隆著 ; 林志都譯. -- 初版. --
臺北市 : 時報文化, 2015.09
面 ;　公分. -- (藍小說)

譯自 : My fathers' ghost is climbing in the rain

ISBN 978-957-13-6375-2(平裝)

885.7257　　104016090

My Father's Ghost is Climbing in the Rain by Patricio Pron

Originally published in Spain as El espiritu de mis padres sigue subiendo en la lluvia
by Random House Mondadori, S. A., Barcelona, in 2011.

ISBN 978-957-13-6375-2 (平裝)
CIP　885.7257
Printed in Taiwan